国家古籍整理出版专项经费资助项目

章培恒　安平秋　马樟根　主编
武秀成　导读
倪其心　审阅

嵇康集

中华文史名著精选精译精注·全民阅读版

凤凰出版社

图书在版编目（CIP）数据

嵇康集 / 武秀成导读. -- 南京 : 凤凰出版社,
2020.8
（中华文史名著精选精译精注 : 全民阅读版 / 章培
恒, 安平秋, 马樟根主编）
ISBN 978-7-5506-3168-7

Ⅰ. ①嵇… Ⅱ. ①武… Ⅲ. ①古典诗歌－诗集－中国
－三国时代②古典散文－散文集－中国－三国时代 Ⅳ.
①I213.62

中国版本图书馆CIP数据核字(2020)第063033号

书　　　名	嵇康集
导　　　读	武秀成
责任编辑	孙　州
书籍设计	徐　慧
出版发行	凤凰出版社(原江苏古籍出版社) 发行部电话025-83223462
出版社地址	南京市中央路165号,邮编:210009
出版社网址	http://www.fhcbs.com
照　　　排	凤凰零距离数字印前中心
印　　　刷	苏州市越洋印刷有限公司 苏州市吴中区南官渡路20号　邮编:215104
开　　　本	880毫米×1230毫米　1/32
印　　　张	7.375
字　　　数	152千字
版　　　次	2020年8月第1版　2020年8月第1次印刷
标准书号	ISBN 978-7-5506-3168-7
定　　　价	39.00元 (本书凡印装错误可向承印厂调换,电话:0512-68180638)

目录

导读

一

嵇康(224—263),字叔夜,三国魏谯(qiáo)郡铚(zhì)县(今安徽省濉溪县临涣镇)人。三国时代著名的思想家、文学家和音乐家。其祖先本姓奚,居会稽上虞(今浙江省绍兴市上虞区),因躲避怨仇,迁居于铚县的嵇山(今安徽省涡阳县内),便改姓嵇。

嵇康出生在儒学世家。父亲名昭,字子远,早逝。嵇康由母、兄(姓名无考,不是嵇喜)养育长大。成年后,一直寄居在河内山阳(今河南省焦作市东),达二十年之久。嵇康的妻子是魏沛穆王曹林(曹操之子)的孙女,因而他是曹魏宗室的女婿,这一点对他的一生,或多或少都有些影响。

嵇康曾做过曹魏的郎中、中散大夫(无职守的闲散文官),故世称"嵇中散"。由于他对司马氏多有不满,退隐,不再出仕。

二

嵇康的活动时代，正当魏晋易代之际，政治斗争十分尖锐残酷。这是一个黑暗、险恶的时代。

景初三年(239 年)，魏明帝曹叡病死，年仅三十五岁。继位的曹芳是个八岁的儿童。曹爽(曹操族孙)和司马懿二人辅佐幼主，曹爽用何晏、邓飏等，谋夺司马懿之权。嘉平元年(249 年)，司马懿用阴谋手段诛杀曹爽、何晏等人。嘉平三年(251 年)，又逼太尉王凌自杀。司马懿之子司马师上台后，继续专权。嘉平六年(254 年)，又诛杀了名士夏侯玄、李丰等，废齐王芳，另立高贵乡公曹髦。正元二年(255 年)，毋丘俭等在淮南(今安徽省合肥市西北)起兵反司马氏，司马师率军亲征，毋丘俭战败被杀，反司马的最大的军事力量终于被摧毁了。是年，司马师病死，其弟司马昭上台，日谋代魏。曹髦曾说："司马昭之心，路人所知也。"(见《三国志·魏书·高贵乡公传》裴松之注引《汉晋春秋》)甘露二年(257 年)，诸葛诞又在淮南起兵，次年被杀，从此反司马氏的军事力量被彻底消灭了。甘露五年(260 年)，曹髦密谋讨伐司马昭，事情泄密，司马昭乘机杀了曹髦，另立陈留王曹奂为帝。咸熙二年(265 年)，司马昭之子司马炎终于代魏称帝，建立晋朝。

司马氏集团，一方面采用残酷的手段，血洗曹魏集团成员，另一方面又大力倡导"名教"，为篡位制造舆论。他们利用东汉以来世家大族重视的一些伦理规范，团结内部，诛除异己。如大官僚何曾倡言“以孝治天下”（见《世说新语·任诞》），这既能绍续正统的社会、政治伦理，维护社会运行的道德体系，而又可给他们心目中的仇敌横加恶名，以致“名士少有全者”（见《晋书·阮籍传》），文人学士人人自危。由于社会的黑暗和两汉儒学的衰微，沉寂了数百年的老庄思想再度兴盛起来。为了远祸全身，士子大多醉心于清谈玄理。因此，在学术思想领域里，玄谈之风日炽，《老子》《庄子》《周易》成了名士们研讨的主要对象，时称“三玄”。

当时，玄谈家大都是些“名士”，大约可分为两派。一派用老庄思想解释儒经，认为名教出于自然，依然维护着儒家的伦理观念。这一派以何晏、王弼等人为代表，夏侯玄、钟会之流也属此派。后人习称这些人为“正始名士”。另一派，即嵇康、阮籍、山涛、向秀、阮咸、王戎、刘伶七人。他们“相与友善，游于竹林”（见《三国志·魏书·王粲传》裴松之注引《魏氏春秋》），后人习称“竹林七贤”。他们从理论到行动，都是提倡“自然”，反对礼教的。汉末以来士人通脱、放达的风气，由于时代的原因，在他们身上得到了充分的发展。他们鄙视世俗，任情自得，却又各具风神：阮籍佯狂，刘伶病酒，山涛以识度自负，嵇康则高标脱俗而无喜愠之色。有一次，司马氏所宠幸的钟会前来拜访嵇康。嵇康正在锻铁，对钟会的到来视若无睹，仍挥锤不止。过了一个时辰，钟会扫兴而去。嵇康问道：“何所闻而来？何所见而去？”钟会回答说：“有所闻而来，有所见而去。”（见《三国志·魏书·王粲传》裴松之注引《魏氏春秋》）双方的对答似乎不伤感情，但钟会对嵇康的学识盛名常怀忌妒，此时更嫉恨在心。

七贤中人种种与名教对立的处世态度，当然是阴谋篡权的司马氏所不能容忍的。他们采取软硬兼施的手段，分化瓦解，拉拢七贤。山涛、王戎以其社会地位和姻属联系之故，投向了司马氏，致身通显。嵇康却不惧威逼，不为利诱，始终不屈地与司马氏和他们倡导的虚伪名教进行斗争，终于招致杀身之祸。

魏元帝景元四年（263 年），吕巽（xùn）因奸淫弟妇徐氏之事泄露，心怀鬼胎，反诬告吕安对母亲不孝。吕安蒙冤被捕，被放逐到边疆。嵇康素与吕氏兄弟友善，并曾出面调停此事。为伸张正义，他亲去狱中替吕安辩诬。钟会却乘机向司马昭进谗，说嵇康“上不臣天子，下不事王侯，轻时傲世，不为物用”“今不诛康，无以清洁王道”（见《世说新语·雅量》刘孝标注引《文士传》）。此言正中司马昭下怀，于是下令收捕嵇康。嵇康入狱，太学生数千人上书，请以嵇康为师（见《世说新语·雅量》注引王隐《晋书》）。但早已把嵇康视为眼中钉的司马昭，又怎会放下屠刀？嵇康临刑时，顾视日影，索琴弹了一曲《广陵散》，悲叹道：“《广陵散》于今绝矣。”虽然他怀着无限的遗恨，但神色自若，对这种结局早已有所感悟了。

三

嵇康的诗文极力主张听任自然而反对虚伪的名教，这也是他诗文的一个主要内容。因为司马氏挂着虚伪的礼教招牌，干着篡位的勾当，嵇康不能不首先给以尖锐的批判。《难自然好学论》一文集中猛烈地抨击了礼法制度。首先，他对礼法的本质加以揭露：“及至人不存，大道陵迟，乃始作文墨……造立仁义，以婴其心；制为名分，以检其外；劝学讲文，以神其教。”他认为仁义、名分，不过是为了束缚人的思想言行而制定的，“劝学讲文”不过是装点门面的手段而已，一切礼法制度都是“至人不存”之后统治者特意设立的。接着又痛斥儒家经典的罪恶作用，“开荣利之途”，使人们竞相追逐私利。他对视“六经为太阳，不学为长夜”的说教进行了针锋相对的驳斥。他把学校、诵读、六经、仁义，分别比作“丙舍”“鬼语”“芜秽”“臭腐”，这是旷古未有的嘲弄。在《太师箴》中，他更认为由于统治者以天下为私，怕万众乖离，所以才“攘臂立仁”。这就把一切礼法名教的根源都归结到一个“私”字上。这是异常深刻的。司马氏提倡礼教，难道不是为了“宰割天下，以奉其私”（见《太师箴》）吗？

名教和自然之辨，是魏晋玄学最重要的论题之一。《释私论》就是他抨击虚伪名教的理论性文章。“释私”就是“除私”。什么是“私”呢？“夫私以不言为名，公以尽言为称”。“不言”就是隐藏真情，“尽言”就是显露真情，无所隐匿。“公”和“私”的本质区别，就是真和伪，真就是“实”，即“自然”；伪就是“名”，即“名教”。嵇康认为，“君子无措乎是非”。“无措”就是行为不拘束于世俗的是非界限，要“越名教而任自然”。他把“公”和“私”看成是“是非之至”，认为是一切事物成败的关键。

嵇康反对名教，其实质是反抗当时黑暗的现实政治。他在对历史人物的评议中，也贯穿了抨击黑暗政治的意图。司马氏以周公自居，嵇康在《与山巨源绝交书》中则宣称自己“每非汤武而薄周孔”，致使“大将军（指司马昭）闻而恶焉”（见《文选》卷四三《与山巨源绝交书》李善注引《魏氏春秋》）。其矛头所向，是一目了然的。在《管蔡论》中，嵇康则对一向被视为“凶逆”的管叔、蔡叔，给予了全新的评价。他从“三圣之用明”的角度提出问题，说明管、蔡原本是“服教殉义、忠诚自然”的；后辅助武庚，功绩卓著，“名冠当时”，只是因为“不达圣权”“愚诚愤发”，才招致反叛之名、杀身之祸。这是一种以古喻今的手法，实质是针对司马氏握柄镇压毌丘俭而发。明代张采便说：“叔夜盛称管、蔡，所以讥切司马也。”（明黄澍、叶绍泰《汉魏别解》卷十引）

嵇康的诗文时时表现出他隐居不仕的思想。这是一种对司马氏集团的不合作态度。《与山巨源绝交书》就如一份与司马氏集团公开决裂的宣言书，其中他以许由、季札、子臧自比，表明了“志气所托，不可夺也”的坚定态度。他的五言诗大多抒写高蹈出世的强烈愿望，也反映了作者对险恶政治的畏惧和对世俗的愤激。如《五言古意》，描写他和朋友就像双鸾一样远离世俗，过着自由自在的生活。而对朋友后来的被迫入仕，则表示了深深的忧虑、愤慨。又如四言《幽愤诗》，表明他即使是身陷囹圄，也期望着“采薇山阿，散发岩岫，永啸长吟，颐性养寿”。他对隐士生活如此向往，是因为他对那个险恶的时代彻底绝望了。

嵇康诗文的另一个重要内容是“养生”。随着汉末以来道教的神仙长生之说的流传，嵇康也深受影响。在《养生论》《答难养生论》和《难宅无吉凶摄生论》《答释难宅无吉凶摄生论》诸文中，他与时人反复辩难，认为神仙是存在的，住宅是有吉凶的。今天看来，这些都是违反科学知识的。但是嵇康的养生之学，仍然有积极可取的地方。他的养生包括精神和形体两个方面。他指出“形恃神以立，神须形以存”(《养生论》),精神和形体是不可分离的,是互相依存的。养神,是指精神修养方面而言,即要“清虚静泰,少私寡欲”“旷然无忧”“体气和平”;养形,是指“呼吸吐纳,服食养身”。导引呼吸之术可以锻炼人体机能;“上薄养命,中薄养性”,服用妙药可以保养身体。他主张节欲,对富贵、名位、酒色诸事物,都必须加以节制,否则就伤身害性。这些都包含着嵇康对人生真谛的哲学思索。由此看来,《养生论》受到后世的重视,并非没有道理。在这些文章中,嵇康也时时对世态人情、虚伪名教予以辛辣无情的嘲讽,同样表露了他对现实的批判精神和他那愤世嫉俗的傲兀气质。

嵇康还是一位出色的演奏家,而且有系统的音乐理论。他的音乐思想集中表现在《声无哀乐论》一文中。这是一篇专门论述音乐理论问题的长篇巨制。文章就音乐的本质、声与心的联系、音乐的教育感染作用以及对民歌的评价等重要问题,都作了较为详细的论述。嵇康认为声音起源于自然,如五色五味一样,都是自然的产物。它只有善与不善的区别,而“无关于哀乐”。他说:“心之与声,明为二物。”音乐是客观的存在,感情是主观的表现,二者并无因果关系。他也承认音乐有巨大的感染作用,但又认为这只是乐声自然和谐的结果。他认为音乐本身并没有教育作用,音乐“移风易俗”的作用,实质上是政治清明、潜移默化的结果。这与儒家“治乱在政,音声应之”的乐教思想形成尖锐对立。因此,他对“郑声”即民间音乐进行辩证分析,给予高度评价。一方面从音乐本质看,“郑声是音声之至妙”,像美色、美酒一样,本身是美妙的,但容易迷人醉人,应当节制;另一方面从风俗形成看,“淫之与正同乎心”,即风俗荒淫与雅正都是从心而来，与音乐无干。因此，他认为“雅、郑之体，亦足以观矣”。

嵇康的音乐思想带有强烈的反叛性质，在批判传统乐论中的神秘主义思想，打破儒家对音乐的垄断等方面，有积极的进步作用。今天看来，他有许多观点是正确的。如肯定音乐创作是有感而发，肯定不同乐器和乐曲有不同的性能，肯定民间音乐等等。《声无哀乐论》提出了许多音乐美学中的重要问题，它在中国音乐理论史上占有重要地位。

四

嵇康的诗文都有独特的成就，二者相比，文高于诗。与同时代的文学家阮籍相比，阮籍长于诗，而嵇康长于文。鲁迅说：“嵇康的论文，比阮籍更好，思想新颖，往往与古时旧说反对。”（见《而已集·魏晋风度及文章与药及酒之关系》）嵇康的文章见解独特，立论新颖，常和传统唱反调，颇具“异端”的思想色彩。如《管蔡论》，为早有定论的管、蔡二人翻案，文章虽然没有正面攻击周公，但字里行间却流露出深刻的讽刺。又如《难自然好学论》，反对俗儒对“六经”的崇拜，认为“不学未必为长夜，六经未必为太阳”。儒家的好学，不过是对功名利禄的向往罢了。文中那些激烈大胆的议论，确是惊世骇俗的。

嵇康本是个善谈名理的思想家，所以他的文章长于辩论，文辞壮丽，独步当时。《声无哀乐论》充分体现了他的析理绵密、善于辩论的特点。全文洋洋洒洒五千余字，主客辩难，八番问答，陈古论今，反复设喻，层层推理，步步递进，显示了极强的逻辑力量。又如《养生论》与《答难养生论》《难宅无吉凶摄生论》《答难释宅无吉凶摄生论》等，都是与时人反复辩难的文章。今天看来，文章内容虽然不能令人完全信服，但析理精微，犹如剥茧，丝丝入扣，却又不能不令人赞赏。它们对后世议论文的发展都起过很大的推进作用。

《琴赋》是嵇康的代表作之一。文章对琴的制作、弹奏、音响效果等各方面进行了极为细致、生动的描写。写琴体，先从琴的材料——梧桐写起，而写梧桐却又采用烘托手法，着力描绘梧桐的生长环境：山川壮丽雄伟，物产丰富珍贵。不言梧桐之贵，而贵尽在其中；不言梧桐之美，而美尽在其中。文章对琴声的赞美更是极尽描绘之能事。色彩丰富华丽，音响复杂和谐，变化诡异，美妙无穷。文字艳丽夸张，用典繁富，同时兼用《诗经》和《楚辞》的形式，疑问句、陈述句交相使用，用韵繁多而不刻板，并善于变化转折词语。它是继王褒《洞箫赋》、马融《长笛赋》之后的进一步发展，对后代辞赋（如江淹等人的作品）有很大的影响。《家诫》一文，则与其他文章风格迥异。《家诫》是他告诫子女的遗作。文章以儒家传统的伦理道德观念为基础，以守志为纲要，具体论述了为人处世的各个方面。最使人惊奇的是，这位轻肆直言的刚正之士，竟教给儿子许许多多稳妥乃至圆滑的处世方法。如谈到言语谨慎，避免与人争论，不要打听他人的隐私等，这是因为他深深体验到世道太过险恶，爱子之情使他设想到了种种全身之法，他委实不愿子女也像自己一样陷入罗网。文章语不惮烦，事无巨细，耳提面命，谆谆教诲，言词朴实无华，亲切感人。

嵇康的诗，大都发挥老庄思想，宣扬高蹈出世的宗旨，但又不同于何晏等人的阐述老庄哲学教义的玄言诗。它具有很实际的内容，反映了生动的生活情趣。

嵇康的诗，以四言最多（存三十首），艺术上也以四言诗成就为高。何焯曾说："四言诗，叔夜、渊明（陶潜），俱为秀绝。"（《文选评》）这些诗在艺术上的成就是：突破了前人四言诗的陈规，创造了自己的独特风格。其中以《赠兄秀才入军十八首》为代表，从手法到语言，都学习《诗经》的"风""雅"部分，但又不受它的拘束。如第十二首：

> 轻车迅迈，息彼长林。春木载荣，布叶垂阴。习习谷风，吹我素琴。咬咬黄鸟，顾畴弄音。感寤驰情，思我所钦。心之忧矣，永啸长吟。

"习习谷风""咬咬黄鸟""心之忧矣"等句，都是直接套用《诗经》中的原句，但并无陈旧之感。这主要是因为诗人从《诗经》中摘取的是形象的语言，景语之中常是包含情语，在诗中组成了新的意境。又如第十四首：

> 息徒兰圃，秣马华山。流磻平皋，垂纶长川。目送归鸿，手挥五弦。俯仰自得，游心泰玄……

这首诗以想象高妙取胜。诗人想象嵇喜在行军休息时，醉心于大自然风光的情景：或射猎，或垂钓，或“目送归鸿”而想望，或“手挥五弦”而自吟。设想中的嵇喜，完全陶醉在自然之中。晋大画家顾恺之“每重嵇康四言诗，因为之图，恒云：‘手挥五弦易，目送归鸿难’”（《晋书·顾恺之传》）。可见嵇康的四言诗所表现出来的形象之美与意境之美，足以使人形超神悦。这种短小的四言诗表现出一种清新洒脱的风格，一洗两汉四言诗的呆板滞重。它继承了建安四言诗的成就，而又有重要的突破和提高。

《幽愤诗》则作于狱中，长达八十六句，是嵇康四言诗中最长的一篇佳作，素被后人推崇。全诗回顾了自己的一生，内心独白的性质也反映出了他的鲜明个性。首先他叙述了幼年的生活及放任性格的养成，进而叙述了不幸的遭遇和愤恨的心情，最后则表示全身远害的愿望。何焯评价说：“四言不为风、雅所羁，直写胸中语，此叔夜所以高于潘（岳）、陆（机）也。”（《文选评》）这是另一种风格的四言诗，但同样是“建安风骨”的继承和发展。在五言诗风靡的时代，嵇康别开生面，采用四言体，写出了如许好诗，这是值得重视的。

嵇康的五言诗虽不及四言诗有特色，但也有佳作。《五言古意》中描写双鸾栖息在太山之崖，长鸣云中，时下兰池，逍遥自得，岂知世网高罗，终于为时所羁，双鸾被迫分离。魏晋之际，司马氏罗织文士的现实，贤者岌岌可危的处境，诗人内心的悲愤，在这首诗中都反映得异常深刻。全诗写得精炼扼要而又含义深远，富有较强的感染力。钟嵘称赞说：“叔夜‘双鸾’…… 五言之警策者也。”（见《诗品下·序》）此外嵇康尚有骚体诗、六言诗和杂言诗，表现了他向民歌学习和尝试新的诗歌形式的创造精神。

总而言之，嵇康的诗文具有自己独特的风格，在中古文学史上有着重要的地位，对后世有着深远的影响。

《嵇康集》在梁代存有十五卷，《录》一卷。宋以来仅存十卷，共有诗六十首，文十五篇。鲁迅有《嵇康集》辑校本，戴明扬有《嵇康集校注》。今选诗文以鲁迅辑校本(《鲁迅全集》本)为底本，同时参照戴明扬校本。凡底本文字有误，则依戴校改正；若两本有异，而以戴校本为胜，则择善而从，一般不出校说明。

本书尚参考汲取了殷翔、郭全芝的《嵇康集注》、吉联抗的《嵇康〈声无哀乐论〉》以及郭维森先生的《嵇康思想及其诗文的特色》等研究成果，受益匪浅，在此谨致谢忱。在译注过程中，还得到了姚松、陈昱、姚继舜等友人的无私帮助，使此书得以顺利地如期完稿；而此次重版，又承蒙我的博士研究生王晓静女士仔细校订全书，增色不少，笔者在此一并表示谢意。

武秀成(南京大学文学院)

五言古意

这是一首赠别诗。诗中描写两只鸾鸟远避人世，栖息太山，长鸣云中，时下兰池，过着逍遥自得的生活。不料虞人从四面八方张下罗网，终于束手就缚。双鸾被迫分离，悲愤不已。诗的前半部分用比兴手法，后半部分议论多用典故，写得委婉含蓄。该诗深刻地反映了魏晋之际，司马氏罗织文人名士的现实，贤者岌岌可危的处境以及诗人内心的悲愤。此诗深受后人推崇，钟嵘称赞它是“五言之警策者”（《诗品序》）。

双鸾匿景曜[①]，戢翼太山崖[②]。抗首嗽朝露[③]，晞阳振羽仪[④]。长鸣戏云中，时下息兰池[⑤]。自谓绝尘埃，终始永不亏。何意世多艰，虞人来我维[⑥]。云网塞四区，高罗正参差[⑦]。奋迅势不便[⑧]，六翮无所施[⑨]。隐姿就长缨[⑩]，卒为时所羁。单雄翻独逝[⑪]，哀吟伤生离。徘徊恋俦侣，慷慨高山陂[⑫]。鸟尽良弓藏，谋极身必危[⑬]。吉凶虽在己，世路多崄巇[⑭]。安得反初服[⑮]，抱玉宝六奇[⑯]；逍遥游太清[⑰]，携手相追随？

① 鸾：传说中凤凰一类的鸟。景曜(yào)：日光。 ② 戢(jí)：收敛。 ③ 嗽(shuò)：吸饮。 ④ 晞(xī)：晒干。晞阳：用楚辞《九歌·少司命》"晞女发兮阳之阿"语，是说在南山坡晒干头发，这里比喻凤凰晒干羽毛。羽仪：用《易·渐》："鸿渐于陆，其羽可用为仪。"是说可作为表率。 ⑤ 兰池：长满兰草的池塘。 ⑥ 虞人：古代掌管山泽、田猎的官。维：拴缚。 ⑦ 罗：捕鸟的网。参差(cēn cī)：高低不齐，此形容网多。 ⑧ 奋迅：形容鸟飞迅疾而有气势。 ⑨ 六翮(hé)：指鸟的两翼。翮，羽毛的硬管。 ⑩ 就长缨：接受长缨，此指被迫入仕做官。缨，本为套在马颈上的革带，驾车时用，引申为捆绑人的长绳。《汉书·终军传》载："军自请愿受长缨，必羁南越王而致之阙下。" ⑪ 翻：鸟飞。 ⑫ 慷慨：感慨悲壮。陂(bēi)：山坡。 ⑬"鸟尽"二句：《史记·淮阴侯列传》载韩信语："果若人言：狡兔死，良狗亨(通"烹")；高鸟尽，良弓藏；敌国破，谋臣亡。天下已定，我固当亨。"谋极：出谋献策到了尽头。 ⑭ 崄巇(xiǎn xī)：形容山路危险，泛指道路艰险难行。 ⑮ 反初服：是说辞去官职，重过入仕前的自由生活。反，同"返"。初服，入仕前的衣服。 ⑯ 抱玉：比喻怀才。六奇：六出奇计，后泛指出奇制胜的谋略。《史记·陈丞相世家》说："(陈平)凡六出奇计，辄益邑，凡六益封。奇计或颇秘，世莫能闻也。" ⑰ 太清：道教三清之一，其境在玉清、上清之上，唯成仙方能入此。这里泛指仙境。

翻译

一对凤凰在阳光下自我隐藏，
在高高的泰山边上收敛翅膀。
昂首吮吸清晨的露水，
晒干羽毛振奋为榜样。
引颈长鸣，在白云中嬉戏，
时而飞下，在兰池里休息。
自以为断绝了世俗的尘埃，
从此就永远不会遭遇损害。
哪里想到世事这么艰难，
管山的虞人前来命我就范。
如云的法网充塞四面八方，
高高的网罗正在上下铺张。
奋起迅飞已经是形势不便，
坚强的翅膀此刻无处施展。
只能藏起英姿被长绳束缚，
一对凤凰终于被时世羁绊。
孤单的雄鸾翻腾独自远去，
哀声吟唱他们生离的悲伤。
雄鸾盘旋徘徊，依恋伴侣，
慷慨悲歌在高高的山坡上。

杀尽了鸟儿，

良弓就要收藏，

计谋用尽已无用，

自身必定危亡。

吉凶虽然在自己，

世间毕竟艰险征途长。

怎样能够辞官重穿初服，

怀抱美玉再把奇计珍藏；

逍遥地遨游在太清仙境，

手拉手地双双追随天上？

四言十八首赠兄秀才入军(选五)

这组四言诗是嵇康的代表作,为其兄嵇喜参军入伍而作。嵇喜,字公穆,曹魏时被地方推举为秀才。入晋,任徐州、扬州刺史,后官至太仆、宗正卿(为九卿之一,掌管皇族宗室事务)。这组诗内容广泛,有的写兄长行军生活的劳顿(其三、其四),有的写兄长驰骋疆场、英勇杀敌的雄姿(其九),有的写兄弟分离、不能相随的心情(其十二),有的写兄长行军途中憩息山林的欢愉和孤独的伤感(其三、十四),有的写诗人对兄长怀恋的惆怅(其八、十五)。形式上受《诗经》影响较大。如托物言志的手法,采用《诗经》成句,以及句法、语句上的重沓等,都与《诗经》一脉相承。而情致悠远,字句自然,则上承曹操,下启陶潜,有所独创。

其九

良马既闲[①], **丽服有晖**[②]。
左揽繁弱[③], **右接忘归**[④]。
风驰电逝, **蹑景追飞**[⑤]。
凌厉中原[⑥], **顾盼生姿**[⑦]。

①既:已经。闲:熟习。 ②丽服:指马具。 ③繁弱:古良弓名,后用作良弓的通称。 ④接:搭箭。忘归:古良箭名。 ⑤蹑景(yǐng):追蹑日影,喻极快。飞:指飞鸟。 ⑥凌厉:凌空高飞。中原:平原,原野。 ⑦盼:原作"昐",据戴明扬校改。

翻译

骏马已经训练熟娴,
美丽的装备光彩耀眼。
左手拿着良弓,
右手搭上利箭。
逝若电闪,驰骋如风;
追逐飞禽,赶蹑日影。
凌空飞腾,原野纵横;
左右顾盼,雄姿横生。

其十二

轻车迅迈①, 息彼长林②。
春木载荣③, 布叶垂阴。
习习谷风④, 吹我素琴⑤。

咬咬黄鸟[6]，　顾畴弄音[7]。

感寤驰情[8]，　思我所钦。

心之忧矣，　永啸长吟[9]。

---

① 轻车：古代一种轻便快速的乘车。 ② 长林：茂林。 ③ 载：开始。 ④ 习习：和风声。谷风：东风。 ⑤ 素琴：不加装饰的琴。 ⑥ 咬咬(jiāo)：鸟鸣声。 ⑦ 畴：匹，伴侣，指黄鸟。弄：戏玩，这里形容炫耀。 ⑧ 感寤：有所感而觉悟。驰：向往，奔放。 ⑨ 永啸：长啸。啸，撮口发出长而清越的声音。

翻译

轻快的乘车迅速前进，

休憩吧，去那一片茂林。

春天的树木正在开花，

树叶青青布满了凉阴。

和煦的东风，

吹拂着我的素琴。

欢鸣的黄鹂，

对伴侣炫耀歌声。

触发了我奔放的感情，

思念起我敬仰的亲人。

我心中的忧伤啊，

使我发出长啸和沉吟。

其十三

浩浩洪流[1]，　带我邦畿[2]。

萋萋绿林[3]，　奋荣扬晖[4]。

鱼龙瀺灂[5]，　山鸟群飞。

驾言游之[6]，　日夕忘归。

思我良朋，　如渴如饥。

愿言不获[7]，　怆矣其悲[8]！

---

① 浩浩：水势壮阔。 ② 带：如衣带围绕。邦畿：京畿，京城地区。 ③ 萋萋：草木茂盛的样子。 ④ 奋荣：鲜花竞放。 ⑤ 瀺灂(chán zhuó)：在水中沉浮出没。 ⑥ 言：语助词，无义。下“言”字同。 ⑦ 愿：愿望。 ⑧ 悲：眷念。

翻译

浩荡的大河，

如衣带环绕着京师之疆。

茂密的绿树林，

光辉灿烂，鲜花竞放。
鱼龙在波浪中出没，
山鸟在天空成群地飞翔。
驾着车儿去游赏，
太阳落山都忘了回营房。
想起我的好朋友，
如像口渴望水，饥饿求粮。
我的愿望不能实现，
眷念之情是多么凄怆！

其十四

息徒兰圃[①]**，　秣马华山**[②]**。**
流磻平皋[③]**，　垂纶长川**[④]**。**
目送归鸿，　手挥五弦[⑤]**。**
俯仰自得[⑥]**，　游心泰玄**[⑦]**。**
嘉彼钓叟[⑧]**，　得鱼忘筌**[⑨]**。**
郢人逝矣[⑩]**，　谁可尽言？**

---

① 徒：步卒，士兵。　② 秣（mò）：喂养。华：同“花”。华山：长着花草的山。　③ 流磻（bō）：用箭射鸟。磻，系在丝绳上用来射鸟的石

镞(zú)。皋:沼泽地。 ④ 纶:钓丝。 ⑤ 五弦:五弦琴。 ⑥ 俯仰:形容一举一动。 ⑦ 泰玄:即汉代扬雄《太玄经》,此泛指老、庄之道。 ⑧ 钓叟:指庄子。《庄子·秋水》说:"庄子钓于濮水。" ⑨ "得鱼"句:筌:捕鱼的竹笼。《庄子·外物》说,捕鱼的竹笼是用来捕鱼的,捕到鱼便忘了竹笼……语言是用来表达意义的,把握了意义便忘了语言。诗人以此称赞嵇喜深得自然万物的奥妙。 ⑩ "郢人"句:郢(yǐng):春秋时楚国的国都。《庄子·徐无鬼》载,庄子送葬,经过惠子的坟墓,对随从说:"有个郢地人把白灰土弄到鼻尖上,薄如蝇翼,让一位名石的匠人把它削掉。匠人挥动斧头呼呼作响,随手劈下,泥点完全削除了,而鼻子却没有受到丝毫损伤,郢人站着面不改色。宋元君听了此事,把匠人召来说:'为我试试看。'匠人说:'我以前能削,但是我的对手早已死了。'"这里比喻嵇喜和自己的知己交情。

翻译

士兵休息在兰草园,

战马喂养在花草山。

射鸟在平坦的沼泽,

垂钓在长长的河边。

目送归飞的大雁,

手拨心爱的五弦。

行止多么自由自在,

神游在太玄的境界。

赞美那钓鱼的老翁，

得了鱼儿便忘了捕鱼竹笼。

匠石失去他的郢友，

有谁可以一起畅言私衷！

其十五

闲夜肃清，　朗月照轩。

微风动袿[①]，　组帐高褰[②]。

旨酒盈樽，　莫与交欢[③]。

琴瑟在御[④]，　谁与鼓弹？

仰慕同趣，　其馨若兰。

佳人不存[⑤]，　能不永叹！

---

① 袿(guī)：衣袖。　② 组：华丽。褰(qiān)：撩起。　③ 交欢：欢快地互相坦露胸襟。　④ 御：侍奉，是说琴瑟陈列在前，等候主人弹用。　⑤ 佳人：指秀才嵇喜。

翻译

静谧的夜晚肃穆清凉，

明朗的月光照在窗上。
微风吹动了我的衣袖，
高高撩起华美的幕帐。
美酒斟满杯，
没有人伴我互诉衷肠。
琴瑟陈列在前，
又为谁奏弹？
仰慕志趣相同的侣伴，
那芳香就如同幽兰。
好友良朋远去他方，
怎能不令人嘘唏长叹！

幽愤诗

这是嵇康狱中所作。嵇康素与吕巽、吕安兄弟友善。吕巽，字长悌，三国东平（今山东省东平县）人。曾任司马昭大将军长史（总理幕府事务）。吕安，字仲悌，吕巽庶弟。吕巽奸淫弟妻徐氏，吕安想告发吕巽，嵇康出面为之调停。不料，事后吕巽却反告吕安事母不孝，吕安被捕入狱，被判放逐边疆。嵇康为伸张正义，亲到狱中替吕安辨罪，并愤而写下《与吕长悌绝交书》。司马昭的谋士钟会却伺机进谗，劝司马昭借此把嵇康除掉，于是下令收捕嵇康。此诗以自传的形式，先叙述了诗人幼年的生活及放任性格的形成，进而叙述了不幸的遭遇与愤恨的心情，最后表示全身远害的愿望。全诗“四言不为‘风’、‘雅’所羁，直写胸中语”（何焯《文选评》），峻切感人。

嗟余薄祜①，少遭不造②。哀茕靡识③，越在襁褓④。母兄鞠育⑤，有慈无威。恃爱肆姐⑥，不训不师。爰及冠带⑦，冯宠自放⑧。抗心希古⑨，任其所尚。托好老、庄⑩，贱物贵身。志在守

朴，养素全真。曰予不敏[11]，好善暗人[12]。子玉之败[13]，屡增惟尘[14]。大人含弘，藏垢怀耻[15]。民之多僻[16]，政不由己。惟此褊心[17]，显明臧否[18]。感寤思愆[19]，怛若创痏[20]。欲寡其过，谤议沸腾。性不伤物[21]，频致怨憎。昔惭柳下[22]，今愧孙登[23]。内负宿心，外恧良朋[24]。仰慕严、郑[25]，乐道闲居。与世无营[26]，神气晏如[27]。咨余不淑，婴累多虞[28]。匪降自天[29]，实由顽疏。理弊患结，卒至囹圄[30]。对答鄙讯，絷此幽阻[31]。实耻讼冤，时不我与[32]。虽曰义直[33]，神辱志沮。澡身沧浪[34]，岂云能补？雍雍鸣雁[35]，厉翼北游[36]。顺时而动，得意无忧。嗟我愤叹，曾莫能俦。事与愿违，遘兹淹留[37]。穷达有命，亦又何求？古人有言，善莫近名[38]。奉时恭默，咎悔不生。万石周慎[39]，安亲保荣。世务纷纭，只搅予情。安乐必戒，乃终利贞[40]。煌煌灵芝[41]，一年三秀；予独何为，有志不就？惩难思复，心焉内疚。庶勖将来[42]，无馨无臭[43]。采薇山阿[44]，散发岩岫[45]。永啸长吟，颐性养寿。

① 祜(hù):福。 ②“少遭”句:用《诗经·周颂·闵予小子》:“闵予小子,遭家不造。”是说自己少年遭遇丧父之痛。造,完善、吉祥。 ③ 茕(qióng):孤独无依。靡(mǐ)识:幼小不懂事。靡,无。④ 越:通“粤”,句首助词。襁褓(qiǎng bǎo):包裹婴儿的被子和带子。 ⑤ 鞠(jū):养育。 ⑥ 姐:同“嫭(jù)”,娇。 ⑦ 爰:于是。冠带:加冠束带。古代男子二十岁行加冠礼,以示成年。 ⑧ 冯:通“凭”,倚仗。 ⑨ 抗心:使志向崇高。抗,高。 ⑩ 老、庄:指以老子、庄子为代表的道家学派。老子:即老聃(dān),道家的创始人。春秋时楚国苦县(今河南省鹿邑县东)人,姓李名耳,字伯阳。曾做过周朝的管理藏书的史官。著有《老子》。庄子(约前369—前286):战国时宋国蒙(今河南省商丘市东北)人,名周。做过蒙地方的漆园吏。现存《庄子》一书,即是庄周及其后学所作。 ⑪ 曰:句首助词。⑫ 暗人:不懂人情世故。暗指与吕巽(xùn)交友不善,而招致祸患。⑬ 子玉:春秋时楚成王的令尹(楚国掌管军政的最高官员),名成得臣。在晋楚城濮(pú)之战中,他恃骄战败,自杀身死(事见《左传·僖公二十八年》)。 ⑭“屡增”句:是说推举子玉为令尹的子文因举人不当而获咎。《左传·僖公二十七年》载:“子玉复治兵于蒍(wěi),终日而毕,鞭七人,贯三人耳。国老皆贺子文,子文饮之酒。蒍贾尚幼,后至,不贺。子文问之,对曰:‘不知所贺,子之传政于子玉……子玉之败,子之举也。举以败国,将何贺焉?’”惟:句中助词。尘:比喻小人所造成的忧患。此句又暗指司马昭用吕巽为长史事。⑮“大人”二句:讥讽当政者庇护容纳了许多无耻小人。 ⑯ 民:此

指臣下。 ⑰ 褊(biǎn)心:心胸狭窄。 ⑱ 臧否(pǐ):善恶。 ⑲ 愆(qiān):过错。 ⑳ 怛(dá):惨痛。创痏(chuāng wěi):疮。创,通“疮”。 ㉑ 物:指别人。 ㉒ 柳下:即柳下惠。春秋时鲁国大夫,展氏,名获,字禽。食邑在柳下,谥惠,故又称柳下惠。《论语·微子》载:“柳下惠为士师(掌管刑狱的官),三黜。人曰:‘子未可以去乎?’曰:‘直道而事人,焉往而不三黜?枉道而事人,何必去父母之邦?’” ㉓ 孙登:魏晋时著名的隐士,字公和。嵇康曾拜他为师,嵇康初见孙登,登默默不语。一年后嵇康将要离去时,孙登对他说:“子才多识寡,难乎免于今之世。”(见《三国志·魏书·王粲传》裴松之注引《魏氏春秋》) ㉔ 恧(nǜ):惭愧。 ㉕ 严:指严君平,名遵,西汉隐士,蜀郡(今四川省成都市)人。成帝时,在成都集市上卜筮,日得百钱即闭门传授《老子》。一生不愿做官。著有《道德真经指归》十三卷,今仅存七卷。郑:指郑子真。隐居于云阳谷口,故世号谷口子真。成帝时大将军王凤以礼聘请,子真不应。 ㉖ 营:谋求。 ㉗ 晏如:安宁。 ㉘ 婴:缠绕。 ㉙ 匪:通“非”。 ㉚ 囹圄(líng yǔ):监狱。 ㉛ 絷(zhí):捆缚,拘禁。 ㉜ “时不”句:《论语·阳货》载,阳货说:“日月逝矣,岁不我与。”此用其语,意思是说,自己没遇上治世明时。与:等待。 ㉝ 义直:指自己为吕安争辩是非一事。 ㉞ 沧浪(láng):水青色,此指清水。《孟子·离娄上》载:“有孺子歌曰:‘沧浪之水清兮,可以濯我缨;沧浪之水浊兮,可以濯我足。’” ㉟ 雍雍:声音和谐的样子。 ㊱ 厉:振动,用力张开。 ㊲ 淹留:指拘禁不得自由。 ㊳ “古人”二句:《庄子·养生主》载:“为善无近名。”是说做善事不要做到出名的程度。 ㊴ 万石:西汉万石君石奋(前?—前124),西汉河内温县(今属河南省)人。汉景帝时，石奋与他的四个儿子俸禄都是二千石，合为万石，景帝称之为“万石君”。石奋一生谨小慎微。 ㊵ 利贞：用《易·乾》“元亨利贞”语。利，祥和。贞，坚贞。 ㊶ 灵芝：古人把芝当作瑞草，故称灵芝。芝，菌类植物。 ㊷ 勖（xù）：勉励。 ㊸ “无馨（xīn）”句：谓隐居起来，无声无息。馨，香气。臭（xiù），气味。《诗·大雅·文王》说：“上天之载，无声无臭。” ㊹ 采薇：指隐士生活。《史记·伯夷列传》载：“武王已平殷乱，天下宗周，而伯夷、叔齐耻之，义不食周粟，隐于首阳山，采薇而食之。”薇，一种野菜，又叫巢菜或野豌豆。山阿（ē）：山角落，山的弯曲处。 ㊺ 散发：指解冠隐居。岫（xiù）：山穴。

翻译

可叹我缺少福气，

小时就遭受不幸。

悲叹我孤儿不懂事情，

在襁褓里就失去父亲。

母亲和哥哥把我养育，

百般疼惜从不动怒。

依仗着溺爱恣意撒娇，

无人开导不从师傅。

加冠束带已是成年，

凭借宠爱更加放纵。

心比天高想追步古人，

任凭心意将先贤尊崇。
生性爱好老、庄之道，
轻视外物贵重自身。
志在保持朴素的本性，
养护纯朴保全纯真。
我太不敏慧啊，
向慕善行却暗于知人。
像楚国子玉这样的败将，
重新任用好比再添灰尘。
当政的大人心胸很宽宏，
藏污纳垢而且怀抱羞耻。
臣下有这么多邪僻行为，
国家政治都不出于自己。
唯有我心地急躁狭窄，
偏想把是非弄个清楚。
如今觉悟而反思过失，
痛心好似患上了疮毒。
本想使自己少犯过失，
不料诽谤像汤水沸腾。
天性并不想伤害他人，
却一再招致怨恨嫌憎。
提到过去的柳下惠就羞惭，

如今愧对赠言避世的孙登。
身内我违反了初心本意，
身外我羞见那好友良朋。
多么仰慕严君平、郑子真，
乐于大道，安然隐居。
与世无涉，与人无争，
神畅气和，安乐自如。
叹息我处世不善，
牵累人事多忧多虑。
祸害并非自天而降，
实因生性愚钝粗疏。
道理不伸，祸患滋生，
终于遭致锒铛入狱。
对答狱吏那粗鄙的审问，
囚禁在这昏暗隔绝的囹圄。
实在耻于申诉冤情，
时运对我毫不惠顾。
虽说我大义正直，
却志气沮丧，精神受辱。
就是跳进清水去洗涤，
难道能有什么弥补？
嗈嗈飞鸣的大雁，

展开双翅向北远游。
它们顺应时节而行动，
领会天意就乐而忘忧。
可悲我愤慨长叹，
竟不能与它们结伴同俦。
事实与愿望相违背，
惨遭囚禁在这里久留。
穷困与通达是命中注定，
又何必去苦苦追求。
古人遗有名言：
“行善切莫接近名声。”
遵循时世恭敬沉默，
过失和悔恨就不会发生。
万石君一家小心谨慎，
合家安康，荣华长存。
世上事务纷繁复杂，
只会搅繁我的心情。
身处安乐定要时时警戒，
才能长保吉利，终守坚贞。
明丽耀眼的灵芝啊，
一年三次开花吐艳。
独有我不知为什么，

有志气而不能实现。
警惕祸难我想重新开始，
心中充满了痛苦的体验。
我希望从今以后勉励自己，
没有芳香可发，没有气息可传。
漫步在偏远的山脚采食薇草，
栖身在幽静的岩穴头发披散。
自由地长啸，悠闲地吟唱，
保养心性，安享天年。

述志诗二首

这两首述志诗，表现了诗人对过去屈从时势、参与世事而给自己带来灾祸的深切痛悔，着重向世人表明自己决意脱离险恶政治和世俗社会，到美妙清静的大自然中去隐居修道的信念。诗中充满了幻想憧憬，流露出对新生活矢志不渝的期待。有人认为本诗作于狱中，只是一种推测。

其一

潜龙育神躯[①]，濯鳞戏兰池。延颈慕大庭[②]，寝足俟皇羲[③]。庆云未垂降[④]，槃桓朝阳陂[⑤]。悠悠非我俦，圭步应俗宜[⑥]。殊类难遍周[⑦]，鄙议纷流离[⑧]。轗轲丁悔吝[⑨]，雅志不得施。耕耨感宁越[⑩]，马席激张仪[⑪]。逝将离群侣[⑫]，杖策追洪崖[⑬]。焦朋振六翮[⑭]，罗者安所羁？浮游泰清中，更求新相知。比翼翔云汉，饮露食琼枝。多谢世间人，夙驾咸驱驰[⑮]。冲静得自然[⑯]，荣华何足为？

①潜龙：潜伏的龙，诗人自喻。②大庭：古代传说中的帝王名。③皇羲（xī）：即伏羲，古代传说中的帝王名。相传他制作八卦，教民捕鱼、畜牧。④庆云：五色云，古人把它当作祥瑞之气。⑤槃（pán）桓：徘徊。陂（bēi）：池塘。⑥圭：借为“跬（kuǐ）”，半步。此字原缺，此据戴明扬校补。⑦殊类：不同物类，指自己与世俗人们不是同类。⑧流离：纷繁的样子。⑨轗轲：同“坎坷”，道路不平坦。比喻不得志。⑩“耕耨（nòu）”句：宁越：战国时越国中牟（今河南省鹤壁市西）人。越先从事农耕，觉得种地太劳累了，问他的朋友：“怎样才能免除这种劳苦呢？”他的朋友说：“没有比读书更好的办法，学习三十年就可以如愿了。”宁越说：“让我用十五年吧。别人休息，我不敢休息；别人睡觉，我不敢睡。”十五年后，宁越终于成了周威公的老师。事见《吕氏春秋·不苟论·博志》。耨：锄草。⑪“马席”句：苏秦为了激怒张仪，让他去秦国谋求相位，便让他坐在马鞍的垫子上，以此羞辱他。事见《艺文类聚》六九引《史记》。张仪（？—前309）：战国时魏国人。曾任秦惠王相，以连横的策略破坏了苏秦的六国合纵的盟约，使六国纷纷服从秦国。秦武王时，因不受信任，便离秦去魏，任魏国相。⑫逝：通“誓”。⑬洪崖：传说中的仙人名，相传他在唐尧时已三千岁。⑭焦朋：鸟名，凤凰之类。⑮夙（sù）驾：早起驾车出行。⑯冲静：淡泊宁静。

翻译

潜伏的龙养育神灵的身躯，
洗濯龙鳞来到兰池中游戏。
伸长脖子企慕大庭氏远古时代，
缩起龙脚等待伏羲氏至德之世。
吉祥的彩云还没有降临到下界，
神龙在朝阳的池沼里徘徊游弋。
遥远的大庭、伏羲不与我们在一起，
神龙移动半步来跟世俗适应相宜。
不同物类实难与世俗处处合拍，
卑鄙的议论便纷纷散布流离。
坎坷的遭遇使我面对悔恨，
高雅的志向不能得到展施。
耕种的劳苦使宁越感悟而求仕，
马鞍当坐席使张仪受辱而激励。
我发誓要远远离开人群伴侣，
加鞭策马把洪崖先生追随。
焦朋鸟振奋起坚强的翅膀，
张网捕鸟的人哪能把它拘羁！
遨游在辽阔无垠的太空，
再去寻求新的知己。

展翅比翼翱翔在天河边，
九霄云外比翼双飞，
吸风饮露服食在琼树枝。
多多告谢世俗间的人们，
及早驾车和我一起飞驰。
冲淡虚静，能够获得自然归宿，
荣华富贵又有何为？

其二

斥鷃擅蒿林，仰笑鸾凤飞①。坎井蝤蛙宅，神龟安所归②？恨自用身拙，任意多永思。远实与世殊③，义誉非所希。往事既已缪④，来者犹可追⑤。何为人事间，自令心不夷？慷慨思古人，梦想见容晖。愿与知己过，舒愤启幽微。岩穴多隐逸，轻举求吾师。晨登箕山岭⑥，日夕不知饥。玄居养营魄⑦，千载长自绥⑧。

---

①“斥鷃（yàn）”二句：《庄子·逍遥游》载，大鹏鸟乘着旋风直上九万里的高空，向南飞往南海。斥鷃讥笑它说：“它要到哪里去呢？我腾跃而起，不过几丈高就落下来，在蓬蒿丛中飞来飞去，这也是尽了飞

跃的能事,而它还要飞到哪里去呢?”斥鹦:池泽中的小麻雀。斥,小泽。此用其事,以鸾凤自喻,指出低能无志小人竟讥笑高尚的志士,以见其不自知。 ②“坎井”二句:坎井:坏了的井。蝤(yóu):蜉蝣。成虫常在水面上飞行,寿命很短,只有几小时至一星期左右。《庄子·秋水》载,一口坏井里的青蛙对东海的神龟说:“我这里很快乐,只要一壑水,横跨坏井,快乐极了,你来不来?”神龟左脚浸踏入井去,右膝就卡住了。此用其事。 ③ 远实:远离实际。《易·蒙卦》象曰:“困蒙之吝,独远实也。”是说困于蒙昧的悔恨,就是脱离实际。此用其意。 ④ 缪:通“谬”,错误。 ⑤“来者”句:《论语·微子》说:“往者不可谏,来者犹可追。” ⑥ 箕山:在今河南省登封市东南,又名许由山,传说为尧时隐士许由隐居之处。 ⑦ 营魄:魂魄,精神。 ⑧ 绥(suí):安好。

翻译

小麻雀专在矮树丛里活动,

却仰面嘲笑天空中的凤凰。

破水井是蜉蝣青蛙的住宅,

神龟怎能归宿到这种地方?

我恨自己处世笨拙,

任意自在的生活常常令我向往。

远离人世实际与众不同,

世俗的道义荣誉不是我的希望。

过去的事既然已经错误，
把握未来，还可改弦更张。
为什么要在世俗的人事中间，
使自己的心情不能平静安详？
我情怀慷慨地思慕古代的高士，
梦想见到他们的光辉形象。
只盼望同知己相遇交游，
一起抒发幽愤，倾吐隐秘衷肠。
在山岩洞穴里常有隐士居留，
我将轻身飞去寻求我的师长。
早晨登上许由、巢父隐居的箕山，
到傍晚也不会知道饥饿发慌。
隐居幽处，颐养精神，
千年万载，身心安康。

游仙诗

嵇康写过几篇向往自然仙道的作品，这是其中游仙思想表现得最集中的一首。诗中描写作者在仙人王子乔携带下，乘云驾龙，遨游昆仑，路遇黄老，服食仙药，改变容颜，安家仙境的奇想。表达了诗人对自然的渴望和对世俗的厌恶。诗一韵到底，流畅雅丽，下开郭璞五言游仙诗之风。

遥望山上松，隆冬郁青葱[①]。自遇一何高，独立边无从。愿想游其下，蹊路绝不通。王乔异我去[②]，乘云驾六龙。飘飖戏玄圃[③]，黄、老路相逢[④]。授我自然道，旷若发童蒙。采药钟山嵎[⑤]，服食改姿容。蝉蜕弃秽累，结友家板桐[⑥]。临觞奏《九韶》[⑦]，雅歌何邕邕[⑧]。长与俗人别，谁能睹其踪！

---

① 冬：原误作“谷”，据戴明扬校改。　② 王乔：即王子乔，古仙人，相传为周灵王太子晋。太子晋好吹笙，能学凤凰鸣叫，道人浮邱公把他接上嵩山。后来在缑（gōu）氏山（今河南省偃师市）跨着白鹤，

在山头停了数日，便举手向人们告别而去。异：认为不凡。此字原误作“弃”，据鲁迅校改。 ③ 飘飖（yáo）：随风飞翔的样子。玄圃：昆仑山顶神仙的居处，中有奇花异石。 ④ 黄、老：黄帝和老子，为道家所尊崇的始祖。 ⑤ 钟山：即昆仑山，盛产灵芝等仙草。嵎（yú）：山势弯曲险阻的地方。 ⑥ 板桐：山名。《水经·河水注》载，昆仑山有三级：下面的叫樊桐，一名板桐；中间的叫玄圃；上面的叫层城。 ⑦ 觞（shāng）：酒杯。此指代酒。《九韶》：又作《九招》，相传是虞舜时的乐舞。 ⑧ 邕邕（yōng）：和谐。邕：通“雍”。

翻译

遥望山上的青松，
在隆冬里郁郁葱葱。
自视是多么崇高，
独立山头，
四周没有杂草树丛。
心中盼着去松树下游玩，
连羊肠小道也阻绝不通。
王子乔觉得我不凡，
携着我一同前去，
乘着云彩驾起六龙。
随风飘荡在玄圃嬉戏漫游，
恰与黄、老在途中相逢。

传授给我顺应自然的大道，
豁然开朗如孩童启蒙。
我在昆仑山边采撷仙药，
服食仙药使我换了姿容。
像蝉的蜕变，我抛弃了污秽累赘；
结交了仙友，我安家在仙境板桐。
对着美酒弹奏《九韶》，
高雅的乐曲多么和谐雍雍。
长此与世俗人们告别，
谁还能看到我的行踪！

思亲诗

此诗为悼念母、兄而作。嵇康从小失父，由母、兄养育长大，因而对母、兄感情十分深厚。长兄已于三四年前死去，眼下母亲又突然死亡，顿觉失去依托。想到母、兄的养育之恩，看到空荡的高堂之上母、兄用过的遗物，不觉悲从中来。这是一首七言骚体诗，诗中频频换韵，用来表现他嚎啕、抽噎的情绪与节奏，具有很强的感染力。

奈何愁兮愁无聊，恒恻恻兮心若抽①。愁奈何兮悲思多，情郁结兮不可化。奄失恃兮孤茕茕②，内自悼兮欷失声③。思报德兮邈已绝，感鞠育兮情剥裂④。嗟母兄兮永潜藏，想形容兮内摧伤。感阳春兮思慈亲，欲一见兮路无因。望南山兮发哀叹，感机杖兮涕汍澜⑤。念畴昔兮母兄在⑥，心逸豫兮轻四海⑦。忽已逝兮不可追，心穷约兮但有悲。上空堂兮廓无依，睹遗物兮心崩摧⑧。中夜悲兮当谁告，独抆泪兮抱哀戚⑨。亲日远兮思日深，恋所生兮泪流襟。慈母没兮谁予

骄，顾自怜兮心忉忉[10]。诉苍天兮远不闻，泪如雨兮叹成云。欲弃忧兮寻复来，痛殷殷兮不可裁[11]。

---

① 抽：裂开。 ② 失恃：失去依赖，这里指失去母、兄。茕茕(qióng)：孤独无依的样子。 ③ 欷(xī)：哽咽。 ④ 剥裂：撕裂。⑤ 机杖：几案和手杖。汍(wán)澜：眼泪纵横的样子。 ⑥ 畴(chóu)昔：往日。 ⑦ 逸豫：安乐。轻：原误作“寿”，据戴明扬校改。⑧ 崩摧：五脏撕裂，形容哀痛之极。 ⑨ 抆(wěn)：擦。 ⑩ 忉忉(dāo)：忧虑的样子。 ⑪ 殷殷：忧伤的样子。

翻译

如何排遣忧愁啊，忧愁得无聊，
常常心中悲痛啊，心好像撕裂。
忧愁如何排遣啊，悲思无限，
心情郁结啊，不能化解。
忽然失去了依靠啊，孤苦伶仃，
内心悲伤自己啊，痛哭失声。
想报大德啊，音信永绝，
感念你们的养育啊，恩情割裂。
嗟叹我的母兄啊，永远在地下深藏，

想着你们的音容笑貌啊，内心无比痛伤。
感念春天的温暖啊，思恋慈爱的母兄，
想再见一面啊，却无路可通。
望着南山啊，哀叹亲人，
看到几案手杖啊，我泪下纷纷。
回想往昔啊，母兄都健在，
心情轻松愉快啊，志轻四海。
转眼都成过去啊，再难追回，
心中空虚啊，只有伤悲。
走进空荡的高堂啊，一无所依，
目睹亲人的遗物啊，肠断心碎。
半夜里悲伤啊，能告诉谁，
独自抹眼泪啊，怀抱悲戚。
亲人一天天远去啊，心里思念一天天加深，
怀念养育我的母亲啊，不禁泪流满襟。
慈母不在了啊，谁来疼我，
顾影自怜啊，我心如刀割。
向苍天哭诉啊，天高难闻，
泪如雨下啊，叹气成云。
想抛弃忧伤啊，它片刻又回来，
深深的悲痛啊，实在无法减退。

酒会诗

这是一首很美的山水诗。诗中写与乡人游乐渔猎、聚酒弹唱的兴致和思念知己的感伤之情，表达了诗人对隐居生活的热爱。诗不用一典，不拟《诗》《骚》，清幽秀丽，兴趣盎然。用字也很传神，如"轻丸毙飞禽，纤纶出鳣鲔"，"毙"与"出"字都十分精警动人。

乐哉苑中游[①]，周览无穷已。百卉吐芳华，崇台邈高跱[②]，林木纷交错，玄池戏鲂鲤[③]。轻丸毙飞禽，纤纶出鳣鲔[④]。坐中发美赞，异气同音轨。临川献清酤，微歌发皓齿。素琴挥雅操，清声随风起。斯会岂不乐，恨无东野子[⑤]。酒中念幽人，守故弥终始[⑥]。但当体七弦[⑦]，寄心在知己。

---

① 菀（yuàn）：通"苑"，畜养禽兽的园林。 ② 跱（zhì）：屹立。 ③ 玄池：神话传说中的水池名，此泛指鱼池。鲂（fáng）：鱼名，形似鳊（biān）鱼。 ④ 鳣（zhān）：即鳇（huáng）鱼。鲔（wěi）：即鲟（xún）鱼。 ⑤ 东野子：指阮侃，字德如，三国尉氏（今河南省尉氏

县)人。官至河内(今河南省武陟县西南)太守。　⑥ 守故:谓不忘旧交之情。弥终始:自始至终。弥,尽。　⑦ 七弦:琴有七弦,故用来指代琴。

翻译

多么快乐呀,在这园林里漫游,
东瞧西望没有尽头。
百草花开吐芬芳,
高台耸立在远方。
树木交错编织在一起,
玄池边上嬉戏着红鲤。
轻灵的弹丸将飞禽击毙,
细细的钓丝钓出大鲜鱼。
坐中的同伴开口赞美,
吐气不同而声调一律。
面对大江敬美酒,
轻轻歌唱启皓齿。
优雅的乐曲从琴弦上飞起,
清亮的歌声随风飘去。
这样的聚会怎不快乐?
只是遗憾少了东野子。

举杯对饮怀念起高洁的隐士，
故人的情谊始终如一。
只有弹起七弦琴，
将心思寄托在知己。

四言诗(十一首选一)

这是一组优美的山水诗,并非一时之作。鲁迅把它们辑校在一起,加以标题。诗的内容大多为怡情山水,遨游竹林,寄情自然之类。这是第十一首,题或作《杂诗》,或作《访友》,都是后人所拟。诗中描写清风明月之夜拜访朋友的豪情逸兴。全诗造语自然流畅,风格清秀婉丽,完全摆脱了模拟《诗经》的痕迹,自成格局。

其十一

微风轻扇,云气四除。皦皦朗月①,丽于高隅②。兴命公子,携手同车。龙骥翼翼③,扬镳踟蹰④。肃肃宵征⑤,造我友庐⑥。光灯吐耀,华幔长舒。鸾觞酌醴⑦,神鼎烹鱼⑧。弦超子野⑨,叹过绵驹⑩。流咏太素⑪,俯赞玄虚⑫。孰克英贤⑬,与尔剖符⑭。

---

① 皦皦(jiǎo):明亮。 ② 丽:附着。 ③ 翼翼:娴熟而又整齐的样子。 ④ 扬镳(biāo):赶马驾车。镳,一种马具,与衔合用,衔在口内,镳在口旁。踟蹰(chí chú):缓行。 ⑤“肃肃”句:语出《诗·召

南·小星》。肃肃，迅速的样子。 ⑥ 造：前往。 ⑦ 鸾觞(shāng)：饰有鸾凤图案的酒器。醴(lǐ)：甜酒。 ⑧ 鼎(dǐng)：古代煮食物的器具，三足两耳。 ⑨ 子野：即师旷，字子野，春秋时晋国著名的乐师，生而目盲，善辨声乐。 ⑩ 叹：指歌尾曳声以相助，此指歌唱。绵驹：春秋时齐国人，善于歌唱。 ⑪ 太素：古代指最原始的物质，引申为天地、自然。 ⑫ 玄虚：指玄妙虚无的道。 ⑬ 孰：谁。克：能够。 ⑭ 剖符：古代帝王分封诸侯、功臣时，以竹符为信证，剖分为二，君臣各执其一。此表示相约盟誓之意，谓同去享受他们所崇尚的清静无为、听任自然的生活乐趣。

翻译

微风轻轻地扇动，
把四方的云雾扫除一空。
皎洁的明月，
挂在苍穹。
喜气洋洋叫来王公子弟，
携手并肩同坐车中。
高大的骏马整齐威风，
扬鞭催马缓缓起程。
飞快地在夜里赶路，
前去拜访我的好友良朋。
明灯射出耀眼的光芒，

华丽的帷幕长长展舒。

雕凤的杯子盛满了甜酒，

神奇的宝鼎在烹煮肥鱼。

弹琴的妙技超过了师旷，

优美的歌声胜过了绵驹。

风流歌唱大自然的神奇，

俯首赞美大道玄妙虚无。

谁能够算得是英才贤德，

我和你相约一同去领略此中的乐趣。

琴赋并序

这是一篇咏物的辞赋，是嵇康的代表作之一。文章对琴的制作、弹奏、音响、效果等进行了全面的描述，表达了作者对音乐的无比喜爱和独特见解。作者认为音乐可起保养身体、宣泄感情的作用。文章描写琴的制作，先从琴的材料——梧桐写起，而写梧桐却又采用的是烘托手法，着力描绘梧桐的生长环境：山川壮丽雄伟，物产丰富珍贵。不言梧桐之贵，而贵尽在其中；不言琴体之美，而美尽在其中。对琴声的赞美更是极尽描绘之能事。作者从各个方面描绘了音乐形象。色彩丰富华丽，音响复杂和谐。声音时大时小，忽高忽低，有时急促，像马蹄疾驰；有时轻缓，如微风中的余音；有时像浩浩洪流；有时像鸾凤和鸣。变化诡异，美妙无比。对弹琴的技法也作了细致而生动的描绘。作者推崇古典的雅乐，但并不否定民间音乐。他认为民间歌谣及《王昭怨》《楚妃叹》等当时比较通俗的乐曲“亦有可观焉”。这和《声无哀乐论》中的观点大体是一致的。

这篇辞赋，文字艳丽夸张，用典繁富，四、六言杂陈，疑问句、陈述句交相使用，用韵繁多而不刻板，并善于变化转折词语。它是继王褒《洞箫赋》、马融《长笛赋》之后的更进一步的发展，对后代辞赋有很大的影响。

余少好音声，长而玩之，以为物有盛衰，而此无变；滋味有厌，而此不倦。可以导养神气，宣和情志，处穷独而不闷者，莫近于音声也。是故复之而不足，则吟咏以肆志；吟咏之不足，则寄言以广意。然八音之器[①]，歌舞之象，历世才士，并为之赋颂。其体制风流，莫不相袭：称其材干，则以危苦为上[②]；赋其声音，则以悲哀为主；美其感化，则以垂涕为贵。丽则丽矣，然未尽其理也。推其所由，似元不解音声，览其旨趣，亦未达礼乐之情也。众器之中，琴德最优，故缀叙所怀，以为之赋。其辞曰：

惟椅梧之所生兮[③]，托峻岳之崇冈。披重壤以诞载兮[④]，参辰极而高骧[⑤]。含天地之醇和兮，吸日月之休光。郁纷纭以独茂兮，飞英蕤于昊苍[⑥]。夕纳景于虞渊兮[⑦]，旦晞干于九阳[⑧]。经千载以待价兮，寂神跱而永康[⑨]。

且其山川形势，则盘纡隐深，崔嵬岑岩[⑩]，互岭巉岩[⑪]，岞崿岖崟[⑫]，丹崖崄巇[⑬]，青壁万寻[⑭]。若乃重巘增起[⑮]，偃蹇云覆[⑯]，邈隆崇以极壮[⑰]，崛巍巍而特秀，蒸灵液以播云，据神渊

而吐溜。

尔乃颠波奔突，狂赴争流。触岩觗隈[18]，郁怒彪休[19]，汹涌腾薄[20]，奋沫扬涛，浾汩澎湃[21]，蜯蟺相纠[22]。放肆大川，济乎中州，安回徐迈，寂尔长浮。澹乎洋洋，萦抱山丘。

详观其区土之所产毓[23]，奥宇之所宝殖，珍怪琅玕[24]，瑶瑾翕赩[25]，丛集累积，奂衍于其侧[26]。若乃春兰被其东，沙棠殖其西，涓子宅其阳[27]，玉醴涌其前，玄云荫其上，翔鸾集其巅，清露润其肤，惠风流其间，竦肃肃以静谧，密微微其清闲[28]。夫所以经营其左右者，固以自然神丽，而足思愿爱乐矣。

于是遁世之士，荣期、绮季之俦[29]，乃相与登飞梁，越幽壑，援琼枝，陟峻崿，以游乎其下。周旋永望，邈若凌飞，邪睨昆仑，俯阚海湄[30]，指苍梧之迢递[31]，临回江之威夷[32]，悟时俗之多累，仰箕山之余辉[33]，羡斯岳之弘敞，心康恺以忘归[34]。情舒放而远览，接轩辕之遗音[35]，慕老童于騩隅[36]，钦泰容之高吟[37]，顾兹梧而兴虑，思假物以托心。乃斫孙枝，准量所任，至人摅思[38]，制为雅琴。

乃使离子督墨[39]，匠石奋斤[40]，夔、襄荐法[41]，般倕骋神[42]，锼会裛厕[43]，朗密调均，华绘雕琢，布藻垂文，错以犀象，藉以翠绿[44]，弦以园客之丝[45]，徽以钟山之玉[46]。爰有龙凤之象，古人之形。伯牙挥手，钟期听声[47]，华容灼爚[48]，发采扬明，何其丽也；伶伦比律[49]，田连操张[50]，进御君子，新声憀亮[51]，何其伟也。

及其初调，则角羽俱起[52]，宫徵相证，参发并趣[53]，上下累应，踸踔磥硌[54]。美声将兴，固以和昶[55]，而足耽矣。

尔乃理正声，奏妙曲，扬《白雪》[56]，发《清角》[57]。纷淋浪以流离[58]，奂淫衍而优渥[59]，粲奕奕而高逝，驰岌岌以相属[60]，沛腾遌而竞趣[61]，翕韡晔而繁缛[62]。状若崇山，又象流波，浩兮汤汤[63]，郁兮峨峨[64]。怫惘烦冤[65]，纡余婆娑[66]，陵纵播逸，霍濩纷葩[67]。检容授节，应变合度。兢名擅业[68]，安轨徐步。洋洋习习，声烈遐布。含显媚以送终，流余响于泰素。

若乃高轩飞观，广夏闲房[69]，冬夜肃清，朗月垂光，新衣翠粲，缨徽流芳[70]。于是器泠弦调[71]，心闲手敏，触攙如志[72]，唯意所拟。初涉《渌水》[73]，中奏《清徵》[74]，雅昶《唐尧》[75]，终咏《微子》[76]。宽明弘润，优游躇跱[77]，拊弦安歌[78]，新声代起。歌曰：

凌扶摇兮憩瀛洲[79]，要列子兮为好仇[80]。

餐沆瀣兮带朝霞[81]，眇翩翩兮薄天游[82]。

齐万物兮超自得[83]，委性命兮任去留。

激清响以赴会，何弦歌之绸缪[84]。

于是曲引向阑[85]，众音将歇，改韵易调，奇弄乃发[86]。扬和颜，攘皓腕，飞纤指以驰骛，纷𠍲嚞以流漫[87]。或徘徊顾慕，拥郁抑按[88]，盘桓毓养，从容秘玩。闼尔奋逸[89]，风骇云乱，牢落凌厉[90]，布濩半散[91]，丰融披离[92]，斐韡奂烂[93]，英声发越[94]，采采粲粲。或间声错糅，状若诡赴，双美并进，骈驰翼驱。初若将乖，后卒同趣。或曲而不屈，直而不倨。或相凌而不乱，或相离而不殊。或劫掎以慷慨[95]，或怨𡟭而踌躇[96]。忽飘摇以轻迈，乍留联而扶疏[97]。或参谭繁促[98]，复叠攒仄[99]，从横骆驿[100]，奔遁相逼，拊嗟累赞，间不容息，瑰艳奇伟，殚不可识[101]。

若乃闲舒都雅，洪纤有宜，清和条昶，案衍陆离，穆温柔以怡怿[102]，婉顺叙而委蛇[103]。或乘险投会，邀隙趋危，嚶若离鹍鸣清池[104]，翼若浮鸿翔层崖，纷文斐尾[105]，慊缘离纚[106]，微风余音，靡靡猗猗。或搂撓擽捋[107]，缥缭潎冽[108]，轻行浮弹，明嫿睽慧[109]，疾而不速，留而不滞，翩绵飘邈，微音迅逝。远而听之，若鸾凤和鸣戏云中；迫而察之，若众葩敷荣曜春风。既丰赡以多姿，又善始而令终。嗟姣妙以弘丽，何变态之无穷！

若夫三春之初，丽服以时，乃携友生，以遨以嬉。涉兰圃，登重基，背长林，翳华芝[110]，临清流，赋新诗。嘉鱼龙之逸豫，乐百卉之荣滋，理重华之遗操[111]，慨远慕而长思。

若乃华堂曲宴，密友近宾，兰肴兼御[112]，旨酒清醇，进南荆[113]，发西秦，绍《陵阳》[114]，度《巴人》[115]，变用杂而并起，竦众听而骇神[116]，料殊功而比操，岂笙籥之能伦[117]。

若次其曲引所宜，则《广陵》《止息》[118]，《东武》《太山》，《飞龙》《鹿鸣》，《鹍鸡》《游弦》，更唱迭奏，声若自然，流楚窈窕，惩躁雪烦。下逮谣俗，蔡氏五曲[119]，《王昭》《楚妃》，《千里》《别鹤》[120]，犹有一切，承间簉乏[121]，亦有可观者焉。

然非夫旷远者，不能与之嬉游；非夫渊静者，不能与之闲止；非夫放达者，不能与之无吝[122]；非夫至精者，不能与之析理也。若论其体势，详其风声，器和故响逸，张急故声清，间辽故音庳[123]，弦长故徽鸣。性洁静以端理，含至德之和平，诚可以感荡心志而发泄幽情矣！是故怀戚者闻之，则莫不憯懔惨凄[124]，愀怆伤心[125]，含哀懊咿[126]，不能自禁；其康乐者闻之，则欨愉欢释[127]，忭舞踊溢[128]，留连澜漫[129]，嗢噱终日[130]；若和平者听之，则怡养悦愉，淑穆玄真，恬虚乐古，弃事遗身。是以伯夷以之廉[131]，颜回以之仁[132]，比干以之忠[133]，尾生以之信[134]，惠施以之辩给[135]，万石以之讷慎[136]。其余触类而长，所致非一，同归殊途，或文或质。总中和以统物，咸日用而不失。其感人动物，盖亦弘矣！

于时也，金石寝声，匏竹屏气；王豹辍讴[137]，狄牙丧味[138]；天吴踊跃于重渊[139]，王乔披云而下坠[140]；舞鸑鷟于庭阶[141]，游女飘焉而来萃[142]。感天地以致和，况蚑行之众类[143]。嘉斯器之懿茂，咏兹文以自慰。永服御而不厌，信古今之

所贵。

乱曰[144]：愔愔琴德[145]，不可测兮；体清心远，邈难极兮。良质美手，遇今世兮；纷纶翕响[146]，冠众艺兮。识音者希，孰能珍兮；能尽雅琴，惟至人兮。

---

① 八音：指金（钟）、石（磬）、丝（琴瑟）、竹（箫管）、匏（páo，笙竽）、土（埙〔音 xūn〕）、革（鼓）、木（柷敔〔zhù yǔ〕）八类乐器，这里总指各类乐器。 ② 危苦：险峻，此指险峻的地方。 ③ 惟：句首语气词。椅（yī）梧：即泡桐。 ④ 诞载：出生。载，生。 ⑤ 骧（xiāng）：向上举。 ⑥ 蕤（ruí）：下垂的花。昊（hào）苍：苍天。 ⑦ 景（yǐng）：影子，后写作“影”。虞渊：神话中的日落之处。 ⑧ 九阳：日出的地方。 ⑨ 待价：用《论语》“待价而沽”语，意思是等待识货的知音。跱（zhì）：同“峙”，独立。 ⑩ 崔嵬（wéi）：有石头的土山。岑（cén）岩：山势危险的样子。 ⑪ 巉（chán）岩：险峻的样子。 ⑫ 岞崿（zuò è）：深险的样子。岖嶔（qū yín）：山石险峻的样子。 ⑬ 崄巇（xiǎn xī）：险要高峻的样子。 ⑭ 寻：古代长度单位，一寻八尺。 ⑮ 巘（yǎn）：山峰。增：通“层”，重叠。 ⑯ 偃蹇（yǎn jiǎn）：高耸的样子。 ⑰ 邈（miǎo）：远。 ⑱ 觝：通“抵”。冲撞。 ⑲ 彪休：发怒的样子。 ⑳ 薄：逼迫，此谓波涛互相冲激。 ㉑ 洑汩（zhì yù）：水流冲击声。 ㉒ 蜿蟺（wǎn shàn）：屈曲盘旋的样子。 ㉓ 毓（yù）：同“育”。 ㉔ 琅玕（láng gān）：像玉的石头。 ㉕ 瑶瑾（yáo jǐn)：美玉。翕赩（xī xì）：光色很盛的样子。 ㉖ 奂衍：广布。㉗ 涓子：仙人名。齐国人，喜欢炼丹之术，隐居宕山，相传能呼风唤雨。 ㉘ 密：深幽。微微：幽静的样子。 ㉙ 荣期（jī）：即荣启期，春秋时隐士。绮季：即绮里季，汉初隐士，为"商山四皓"之一。㉚ 阚（kàn）：通"瞰"，俯视。 ㉛ 苍梧：山名，又名九嶷（yí）山，在今湖南省宁远县南，相传为舜的葬地。 ㉜ 威夷：曲折迂回。㉝"仰箕"句：尧想把天下让给许由，许由不受，躲避到箕山隐居起来（见《吕氏春秋・慎行论・求人》）。箕山：山名，在今河南省登封市东南。 ㉞ 康恺（kǎi）：快乐。原文作"慷慨"，据戴明扬校改。㉟ 轩辕：即黄帝。古史传说姓公孙，居于轩辕之丘，故名轩辕。黄帝使伶伦入山谷截竹调律，始创乐律。 ㊱ 老童：古代传说为古帝王颛顼（zhuān xū）之子，声如洪钟，居于騩（guī）山。 ㊲ 泰容：黄帝的乐师。 ㊳ 摅（shū）：抒发。 ㊴ 离子：即离娄。传说为黄帝时人，视力极好，能看见百里之外，秋毫之末。 ㊵"匠石"句：见《赠兄秀才入军》其十四注。 ㊶ 夔（kuí）：相传为尧舜时的乐官。襄：即师襄，春秋时卫国乐官，孔子曾向他学琴。 ㊷ 般：即鲁班，春秋时鲁国的巧匠，又名鲁般、公输般。倕（chuí）：相传为尧时的巧匠。㊸ 锼（sōu）：雕刻。会：相结合的地方。裛（yì）：缠裹。厕：间隙。㊹ 藉（jiè）：铺垫。 ㊺ 园客：仙人名，汉济阴郡（今山东省菏泽市定陶区西北）人。曾得一只五色神蛾，养而生蚕。又有一美女忽然来帮他养蚕，并自称要给他做妻，得到百余条蚕，作茧像瓮一样大，待缫（sāo）完丝，神蛾与美女又一齐离去（见《文选・琴赋》李善注引刘向《列仙传》）。 ㊻ 徽：琴徽，系琴弦的绳子，此指琴面上弹琴时按抚的标识。钟山：即昆仑山，在新疆和西藏之间，传说盛产美玉。

㊼“伯牙”二句：钟子期善听琴，伯牙弹琴志在高山、流水，钟子期都能分辨出来。钟子期一死，伯牙便破琴绝弦，终生不再弹琴（见《吕氏春秋·孝行览·本味》）。伯牙：春秋时人，以精于琴艺著名。钟期：即钟子期。 ㊽ 灼爚（zhuó yuè）：光彩明亮的样子。 ㊾ 伶伦：传说中黄帝时乐官，为乐律的创始人。 ㊿ 田连：春秋时人，善弹琴，传说伯牙曾向他学琴。 51 憀（liáo）亮：清彻响亮。“憀”本作“嘐”，此从《文选》校改。 52 角羽：古代乐律五音（宫、商、角、徵〔zhǐ〕、羽）中的两个音阶。 53 趣：同“趋”。 54 踸踔（chěn chuō）：变化无常。磥硌（lěi luò）：壮大的样子。 55 昶（chǎng）：舒畅。 56《白雪》：古代乐曲名，相传为师旷所奏。 57《清角》：古代乐曲名，相传为黄帝所作。 58 淋浪（láng）：水连续下滴的样子，此形容琴声连续不断。流离：连接不断的样子。 59 优渥（wò）：优裕丰厚，形容乐音繁富优厚。 60 岌岌（jí）：急速的样子。属（zhǔ）：连接。 61 沛：多的样子。遻（è）：触接。 62 翕：聚集。韡晔（wěi yè）：光彩很盛的样子。缛（rù）：繁多。 63 汤汤（shāng）：水势浩大的样子。 64 郁：繁盛的样子。 65 怫愲（fèi wèi）：声音郁积不散的样子。烦冤：回旋往复的样子。 66 纡余：形容歌声婉转曲折。婆娑（suō）：义同“纡余”。 67 霍濩（huò）：波浪声。纷葩（pā）：繁盛的样子。 68 兢名：谨慎对待演奏之名。 69 闲：大。 70 缨徽：妇女佩带的香囊。 71 泠（líng）：轻妙。字原作“冷”，此据《北堂书钞》卷一〇九引校改。 72 触：揩，弹琴指法。摅：同“批”，反手相击。 73《渌水》：舞曲名。 74《清徵》：乐曲名。 75“雅昶”句：谓平和的《尧畅逸》曲。 76《微子》：即《微子操》。微子（殷纣王庶兄）感伤殷王朝的即将灭亡，见天鹅在天空高飞，便拿起琴来作了此

曲(见《文选·琴赋》李善注引《七略》)。 ⑰ 躇(chú)跱:同"踌躇",徘徊不前的样子,形容声音婉转。 ⑱ 拊(fǔ):拍,轻击。 ⑲ 瀛(yíng)洲:古代传说中渤海外的仙山。 ⑳ 列子:即列御寇,战国时郑国人,传说能驾风而行。 ㉑ 沆瀣(hàng xiè):夜间的水汽。 ㉒ 眇(miǎo):通"渺",辽远。 ㉓ 齐万物:视万物相同而无区别,这是道家的哲学思想,庄子有《齐物论》。 ㉔ 绸缪(móu):紧紧缠缚,谓琴声和歌声紧密结合,和谐难分。 ㉕ 引:乐曲体裁之一。 ㉖ 弄:乐曲。 ㉗ 偲譶(sè zhí):声音纷繁。流漫:放荡散漫。 ㉘ 拥郁:停留。 ㉙ 闼(tà)尔:迅速的样子。 ㉚ 牢落:稀疏的样子。凌厉:形容声势迅猛。 ㉛ 布濩(hù):散布,布满。 ㉜ 丰融:盛多的样子。披离:分散的样子。 ㉝ 斐(fěi)韡:明亮的样子。奂烂:鲜明的样子。 ㉞ 发越:昂扬。 ㉟ 或:原作"时",从戴明扬本校改。劫掎(jǐ):声音高昂飞扬。 ㊱ 嫭(jù):娇。 ㊲ 留联:声音相连。扶疏:四散,分布。 ㊳ 参谭:连续不断的样子。 ㊴ 攒仄(cuán zè):聚集。 ㊵ 骆驿:同"络绎",连续不断。 ⑩ 殚(dān):尽。 ⑩ 怿(yì):欢喜。 ⑩ 委蛇(wēi yí):弯曲绵延的样子。 ⑩ 嚶(yīng):鸟鸣声。字原作"罌",此从《文选》校改。 ⑩ 尾:通"娓"。斐娓,文采斐然动人。 ⑩ 慊縿(qiàn shān):羽毛下垂的样子。离缅(shī):羽毛濡湿粘合的样子。 ⑩ 拯(lüè):击打。 ⑩ 潎洌(piē liè):波浪摇荡的样子。 ⑩ 婳(huà):娴静美好。睩(qì):视。 ⑪ 翳(yì):遮蔽。华芝:车盖。 ⑪ 重华:虞舜的名。 ⑪ 兰肴:精美的菜肴。 ⑪ 南荆:此指楚乐,古代楚国别称荆。 ⑪《陵阳》:古代高雅乐曲名。 ⑪《巴人》:古代俗乐曲名。 ⑪ 竦(sǒng):震动,使吃惊。 ⑪ 笙籥(shēng yuè):两种管乐器。籥,似笛。 ⑱《广陵》《止息》：两种古乐曲名。以下六种同。 ⑲蔡氏：指蔡邕(132—192)，字伯喈(jiē)，陈留(今河南省开封市东南)人，东汉文学家、音乐家。五曲：指蔡邕所作的《游春》《渌水》《坐愁》《秋思》《幽居》五首乐曲。 ⑳《王昭》《楚妃》《千里》《别鹤》：皆为古琴曲名。 ㉑一切：权宜。簉(zào)：夹杂于其中。 ㉒叅：同"吝"。 ㉓间辽：琴弦间隔远。庳(bēi)：低。字原作"瘅"，据《文选》校改。 ㉔憯(cǎn)：悲痛。懔(lǐn)：畏惧。 ㉕愀(qiǎo)怆：伤心的样子。 ㉖懊咿(yù yī)：内心悲伤。 ㉗欨(xū)：笑的样子。 ㉘忭(biàn)：快乐。 ㉙斓(làn)漫：兴致淋漓的样子。 ㉚嗢噱(wà jué)：乐不自胜的样子。 ㉛伯夷：商末孤竹君长子，墨胎氏。初，孤竹君以次子叔齐为继承人，孤竹君死后，叔齐让位，他不受，后两人投奔到周。周武王灭商后，他们耻食周粟，逃到首阳山，采薇(野豌豆)而食，饿死在山里(见《史记·伯夷列传》)。 ㉜颜回(前521—前490)：字子渊，春秋末鲁国人，孔子学生，以仁著称。 ㉝比干：商纣王的叔父，官少师。因屡次劝谏纣王，被剖心而死。 ㉞尾生：传说中战国时鲁国人。曾与女子约会桥下，女子没有来，河水上涨，仍抱着桥柱不走，终被淹死(见《庄子·盗跖》)。 ㉟惠施(约前370—约前310)：战国时宋国人，名家的代表人物之一，善于辩论。曾做过魏国相。给(jǐ)：口才敏捷。 ㊱万石：见《幽愤诗》注。 ㊲王豹：春秋时齐国人，善于唱歌。 ㊳狄牙：即易牙。春秋时雍人，名巫。为齐桓公的宠臣，善于调味。 ㊴天吴：水神。 ㊵王乔：即王子乔，见《游仙诗》注。 ㊶鸑鷟(yuè zhuó)：传说中凤凰一类的鸟。 ㊷游女：汉水的女神。 ㊸蚑(qí)行：爬行，引申为用脚走路。蚑，虫爬行的样子。 ㊹乱：辞赋篇末总括全篇要旨的话。

⑭⑤ 愔愔（yīn）：安和的样子。 ⑭⑥ 纷纶：浩繁，众多。

翻译

我小时候就喜欢音乐，长大后一直玩味研习。我认为事物有盛有衰，但对音乐的爱好却不会改变；美味会有令人腻烦的时候，但这个爱好却不会厌倦。音乐可以用来导引精神，调养元气，宣泄感情，中和志操，使处于穷困孤独的人不觉得苦闷，没有比音乐更亲近的了。因此，反复玩味仍然感到不满足，就用吟咏歌唱来抒发心志。吟咏歌唱还不满足，就用言语来阐发思想。然而各种乐器和歌舞的形象，历代文人才子都为它们写过赋颂。但那些文章的体裁风韵，没有不是沿袭前人的：称赞它的材料主干，就认为经受艰难危苦考验的最好；描述它的声音，就以悲哀为主；赞美它的感化，就以流泪为贵。华丽是很华丽了，但是却未能完全阐发出它的道理。追究其中的原因，似乎原本就不熟悉音乐；察看文章的旨意，也没有洞悉礼乐的实际情况。众多的乐器之中，琴的德性最为优秀，所以我把心中所想的叙述出来，编写起来，作为一篇《琴赋》。赋文说：

梧桐生长的地方啊，寄托在崇山峻岭之上。冲破深厚土石而诞生啊，直参北极而挺拔向上。饱含着天地的纯和元气啊，吮吸着日月灿烂的光辉。枝叶繁茂唯我独秀啊，落花飞舞满天。晚上把身影收藏进虞渊啊，清晨又在九阳把身子晒干。千百年来等待着慧眼相识啊，神情寂静地屹立高山而且安详健康。

况且梧桐所处的山川地势回环曲折，幽僻深邃，山岭相连，山岩突出，高高低低，许许多多，红色的山崖凶险万分，青色的陡壁高达万丈。至于重峦叠嶂层层耸起，高高云彩覆盖在上，遥远崇高而极其壮大，巍巍崛起而挺立秀丽，水汽蒸腾而传播行云，凭据深渊而吐泻水流。

于是山水翻滚，横冲直撞，狂奔猛走，竞相奔流，触及山崖，碰到山拐，如郁勃的怒气猛烈发作，汹涌翻滚，浪花四溅，波涛飞扬，澎湃激荡，盘旋缠绕。汇入大江狂放无羁，到达中原，静静回旋，慢慢向前，无声无息，远远流淌。平静的水面多么宽阔，怀抱着一座座山丘。

详细观察它的地区所生产的物品，天下所产的珍宝，珍贵奇怪的琅玕，瑶瑾的玉色鲜艳，聚集累积起来，布满在梧桐周围。至于春兰覆盖在它的东边，沙棠树生长在它的西边，涓子在它南边居住，甘美的泉水在它前面喷涌，黑云遮蔽在它的上空，飞翔的凤凰栖息在它的树头，清露滋润着它的皮肤，和风在树枝间穿流，高耸而肃穆静谧，幽密而寂静清闲。优游生活在它身旁的，本来就因为天然的神采丽质，足以引起人们的思慕欢喜了。

于是避世隐居的人，荣启期、绮里季之辈，便一起登上凌空的桥梁，越过深谷，攀援着美玉般的树枝，登上了高峻的山崖，游玩在梧桐树下。徘徊流连，久久观望，飘飘然像是凌空而飞，斜视昆仑，俯瞰海边，手指遥远的苍梧，面对迂回曲折的大江，领悟到世俗的牵累太多，景仰许由遗留的光辉，羡慕此山的开阔宽敞，心中快乐，使人流连忘返。情感舒畅，放眼远眺，想到了黄帝时代流传下的乐曲；仰慕隗山的老童，钦敬泰容嘹亮的吟唱。望着这棵梧桐便产生了制琴的心意，想借器物寄托情思。于是便砍伐侧生的嫩枝，衡量所需用的尺寸，得道之人运用他的智慧，制成雅琴。

于是让离子划正墨线，匠石挥斧，夔和师襄进献方法，鲁班、工倕施展神技，镂刻缠裹镶嵌得天衣无缝，疏密适中，华丽的绘画精美的雕琢，铺陈文采，交错镶嵌犀牛皮和象牙，用翡翠碧玉装饰琴体，用仙人园客的蚕丝做弦，用昆仑山的美玉制作琴徽。于是琴体上有了龙凤的图案，古人的形象。伯牙挥手弹琴，钟子期听音辨声，华丽的外貌光彩照人，灿烂鲜明，是多么美丽呀！伶伦校定音律，田连弹奏雅琴，奉献给文人雅士，新曲嘹亮，多么宏伟壮观啊！

开始试音时，角、羽二音一起发动，宫、徵二声互相验证。忽而交替发声，忽而一齐弹奏，徽位上下移动，接连和声共鸣；变化多端，突然暴发巨响。美妙的音乐即将兴起，必定会因谐和通畅而使人沉浸其中了。

于是演习中正的雅乐，弹奏美妙的歌曲，又高扬《白雪》的乐声，发出《清角》的琴音。声音纷纷纭纭，散发开来，繁富厚实，异常优美，光彩明亮在天空中回荡，如马蹄疾驰，节奏急促，或跳跃或连接，竞相争发，会聚一起音色是多么丰富华丽。它表现的形象如同高山，又像流水，浩浩荡荡，巍峨雄伟。声音蕴积不散，曲调转折繁杂，声音高扬奔放，如流水而下，似繁花盛开。端正仪容收敛繁乱之音，使它符合节奏，纷繁的变化要符合音乐的发展需要。谨慎对待名望，专心从事业务，按照音乐的规律，使演奏逐步进行下去。乐音丰富而又和谐，声音宏大向四方传播。明媚的声音一直伴随到曲终，余音不绝似在太空回响。

至于在高耸的长廊、如飞的楼观上，在宽广的大厦、幽闲的房间里，冬天肃穆冷清的夜晚，明月撒下光辉，身穿艳丽的衣裳，佩带的香囊发出香气。这时，乐器轻妙，琴弦调协，心情悠闲，手指灵敏，弹奏手法运转如意，能随心所欲演奏乐曲。开始弹奏《渌水》，中间奏起《清徵》，继而是平和的《尧畅逸》，最后又演奏《微子操》。声音宽厚明朗，洪大圆润，优游从容，婉转徘徊，一边抚弦弹奏一边安然歌唱，新的歌曲交替而起。歌词道：

驾着旋风啊来到瀛洲憩息，
邀请列子啊做我理想的伴侣。
吸饮着夜晚的水汽啊披着灿烂的朝霞，
远远地飞翔啊到天宫遨游。
视万物为一体啊超然自得，
听凭命运的安排啊管它去留与进退。
激发清亮的歌声与琴曲协调，

琴音交织着歌声是多么缠绵甜美。

这时乐曲已近尾声，众音都将停歇，便改换风格，变易曲调，又发出了奇妙之音。仰起和悦的脸，捋起洁白的手腕，飞舞纤细的手指迅疾驰骋，发出纷乱急切的长音。有时在弦上徘徊往复，彼此照应，按压不停，盘桓不前，酝酿感情，从容舒缓地拨弄。突然又奋发而起，风云为之惊骇纷乱，声音忽而稀疏，忽而迅猛，忽而显露，忽而飘散，忽而明亮，忽而灿烂，美妙高昂，丰富多彩。有时掺杂着变音，似乎要走调，正声与变音一同向前，并驾齐驱。初时好像互相违背，后来终于趋向一致。有的曲折而不屈服，刚直而不倨傲；有的相互冲撞而不混乱，有的相互分离而又不断绝；有的突然发出激昂慷慨，有的哀怨娇媚而从容自得。忽然飘飘飖飖而轻盈飞扬，突然委婉不绝向四方散布。有的连续变化，频繁急促，复杂重叠，众音相聚，纵横不断，络绎相连，奔腾相逼，一声紧接一声，使人拍手感叹，频频称赞，简直不容人喘息，它的瑰丽鲜艳神奇雄伟，简直无法完全识别。

至于闲静舒展，美妙典雅，洪亮纤细都很适宜，清和舒畅，起伏有致，参差错落，温柔愉悦，婉转逶迤。有的趁着险声而合节，伺隙趋向高险，就像分别的鹍鸟在池塘边嘤嘤和鸣，又像鸿雁在悬崖上展翅飞翔，文采丰富，斐然动人，羽毛下垂，连续不断。如微风中的余音，袅袅娜娜，缠绵不绝。有的用抹、批、击、捋等指法，声音如轻烟缭绕，如水波摇荡，轻轻地滑动浅浅地弹拨，表现得多么娴静美好，快速而不紧迫，缓慢而不滞重，连绵不绝的声音渐渐远去，细微的声音立即消逝。远处聆听，像鸾凤在天空和鸣；近处细听，像百花在春风里盛开。既丰富多姿，又善始善终。人们赞叹它的美妙和宏丽，怎么会有这么多的无穷变化！

至于初春的时候，按照时令换上美丽的春服，于是偕同友人，遨游玩耍。经过长满兰草的花园，登上重叠的山峦，背靠丰茂的树林，树荫如车盖般遮蔽天顶，面对清澈的溪流，吟咏新作的诗歌。赞美水中鱼龙的闲逸快乐，为百草的繁荣茂盛感到欢喜，弹奏虞舜遗留下的乐曲，感叹不绝，思慕不止。

至于在华丽的厅堂举行私宴，亲朋密友，佳肴同时献上，美酒清冽味厚，奏楚乐、弹秦曲，接着是雅乐《陵阳》，又演奏民歌《巴人》，曲式变化复杂，一齐奏出，众客震惊，心神摇荡。估量它的奇异功效，比较它的品性，哪里是笙籥之类乐器所能匹敌的呢？

如果要把那些乐曲按适宜的次序排列一下，那么是《广陵》《止息》《东武》《太山》《飞龙》《鹿鸣》《鹍鸡》《游弦》，交替演奏，声如天然而发，流利鲜明而又深邃，能够去除急躁烦懑。其次是民间谣曲，蔡邕的五支乐曲，还有《昭君怨》《楚妃叹》《千里吟》《别鹤操》，仍然可以间或弹奏一下，权且填补古代雅乐之不足，也有值得一听的地方。

然而如果不是心胸宽广的人，不能与琴一起嬉戏游玩；不是深沉安详的人，不能与琴一起闲适相处；不是开朗豁达的人，不能与琴一样无贪无欲；不是极为精明的人，不能和琴一起辨析事理。至于谈论它的形体状态，观察它的教化作用，琴体组合协调所以声音安闲，琴弦绷紧所以声音清越，琴弦间隔远所以弹奏出低下的声音，琴弦长所以有泛音。品性纯洁而头绪不乱，具有平和的最高德性，确实可以感动心志，抒发深情了！因此心怀忧伤的人听到了它，没有谁不痛心畏惧，凄凄惨惨，愁容憔悴，心情悲伤，满含哀戚，哽咽饮泣，无法自制。如果快乐的人听到了，便欢笑开朗，手舞足蹈，恋恋不舍，痛快淋漓，终日喜不自胜；假若心性平和的人听到了，便快乐舒心，闲静淳朴，恬淡虚静，向往古人，抛弃世俗，忘却自我。所以伯夷因为听琴而变得廉洁，颜回因此变得仁爱，比干因此变得忠贞，尾生因此守信，惠施因此善辩，万石君因此谨慎，其余不一而足，触类旁通。琴声带给各人的感受千差万别，但不同的道路到达的归宿一致，或富有文采，或质朴无华。琴声汇集了中和的道德，用来统率万物，日常生活都离不开它。它对人们的感化，也是很宏大的了！

这个时候，钟磬之类的乐器停止了声音，笙竽箫管屏声息气。王豹停止了歌唱，狄牙丧失了味觉，天吴在深渊中跳跃，王子乔身披云彩从天而降，让凤凰在台阶上起舞，游女飘然而来参加聚会。感动天地使神灵也达到了和谐的境界，何况是芸芸众生呢？赞美这琴的美好丰富品质，吟咏此文感到自我欣慰。永远弹奏也不会厌烦，它的确是古今都十分珍视的宝物。

总结说:安和恬静的琴德,深不可测呀!琴体清雅,品性高远,难以穷尽呀!优良的素质,美妙的手技,今世有幸相遇呀!丰富谐和的声响,胜过了众多的艺术呀!知音稀少,谁能珍视呀!能尽知雅琴之美的,只有得道之人呀!

与山巨源绝交书

山涛(205—283),字巨源,河内怀县(今河南省武陟县西南)人。早年隐居不仕,为“竹林七贤”之一。后出仕为官,甘露四年(259 年),司马昭要安排他做尚书吏部郎,山涛想推荐嵇康代替自己出任此职,但因嵇康拒绝和其他的原因,此事延搁了下来。直到景元二年(261 年),司马昭才正式任命山涛为吏部郎。嵇康闻之,怕他又要强自己所难,举荐自己担任吏部郎,故作此书以明志。书末虽然说“并以为别”,实际并非真正与之告绝。作此书两年后,嵇康被陷害入狱,临刑之前,他对儿子嵇绍说:“山公(即山涛)尚在,汝不孤矣。”(《白氏六帖事类集》卷七《恤孤二十五》)由此可见,嵇康与山涛交谊甚厚,而此书锋芒所向,其实是直指司马氏集团的,公开表明了嵇康与司马氏集团的不合作态度。书中指出人各有志,申明自己生性疏懒,不拘礼法,又性格刚烈,疾恶如仇,直言不讳,提出有九件事使他不能做官。他崇尚老庄,主张放任自然,清静无为,对世俗礼法表示蔑视,尤其是公开表明自己“每非汤武而薄周孔”,更使“大将军(指司马昭)闻而恶焉”(见《文选》卷四三《与山巨源绝交书》李善注引《魏氏春秋》)。这终于导致了嵇康日后的被杀。

此文说理透辟，语气恳切，间杂讽喻之辞，字里行间时时表露出不与世俗同流合污的兀傲情绪，具有鲜明的个性。刘勰称赞说："嵇康《绝交》，实志高而文伟矣。"（见《文心雕龙·书记》）

康白[①]：足下昔称吾于颍川[②]，吾常谓之知言[③]。然经怪此，意尚未熟悉于足下，何从便得之也？前年从河东还[④]，显宗、阿都说足下议以吾自代[⑤]，事虽不行，知足下故不知之。足下傍通[⑥]，多可而少怪；吾直性狭中，多所不堪，偶与足下相知耳。间闻足下迁[⑦]，惕然不喜[⑧]，恐足下羞庖人之独割，引尸祝以自助[⑨]，手荐鸾刀[⑩]，漫之膻腥[⑪]，故具为足下陈其可否。

吾昔读书，得并介之人[⑫]，或谓无之，今乃信其真有耳。性有所不堪，真不可强。今空语同知有达人[⑬]，而无所不堪，外不殊俗，而内不失正，与一世同其波流，而悔吝不生耳。老子、庄周[⑭]，吾之师也，亲居贱职；柳下惠、东方朔[⑮]，达人也，安乎卑位，吾岂敢短之哉！又仲尼兼爱[⑯]，不羞执鞭[⑰]；子文无欲卿相[⑱]，而三登令尹[⑲]，是乃君

子思济物之意也[20]，所谓达则兼善而不渝，穷则自得而无闷[21]。以此观之，故尧、舜之君世[22]，许由之岩栖[23]，子房之佐汉[24]，接舆之行歌[25]，其揆一也。仰瞻数君，可谓能遂其志者也。故君子百行，殊途而同致，循性而动，各附所安[26]。故有处朝廷而不出，入山林而不返之论[27]。

且延陵高子臧之风[28]，长卿慕相如之节[29]，志气所托，亦不可夺也。吾每读尚子平、台孝威传[30]，慨然慕之[31]，想其为人。加少孤露[32]，母兄见骄[33]，不涉经学。性复疏懒，筋驽肉缓，头面常一月十五日不洗，不大闷痒，不能沐也[34]。每常小便而忍不起，令胞中略转乃起耳。又纵逸来久，情意傲散，简与礼相背，懒与慢相成，而为侪类见宽[35]，不攻其过。又读《庄》《老》，重增其放，故使荣进之心日颓，任实之情转笃。此犹禽鹿[36]，少见驯育，则服从教制；长而见羁，则狂顾顿缨[37]，赴蹈汤火，虽饰以金镳[38]，飨以嘉肴，愈思长林而志在丰草也。

阮嗣宗口不论人过[39]，吾每师之，而未能及。至性过人，与物无伤，唯饮酒过差耳。至为礼法之士所绳，疾之如仇，幸赖大将军保持之耳[40]。

吾以不如嗣宗之资，而有慢驰之阙；又不识人情，暗于机宜；无万石之慎[41]，而有好尽之累；久与事接，疵衅日兴[42]，虽欲无患，其可得乎？又人伦有礼，朝廷有法，自惟至熟，有必不堪者七，甚不可者二。卧喜晚起，而当关呼之不置[43]，一不堪也。抱琴行吟，弋钓草野，而吏卒守之，不得妄动，二不堪也。危坐一时，痹不得摇；性复多虱，把搔无已，而当裹以章服[44]，揖拜上官，三不堪也。素不便书，又不喜作书[45]，而人间多事，堆案盈机[46]，不相酬答，则犯教伤义，欲自勉强，则不能久，四不堪也。不喜吊丧，而人道以此为重，已为未见恕者所怨，至欲见中伤者[47]；虽惧然自责，然性不可化；欲降心顺俗，则诡故不情[48]，亦终不能获无咎无誉如此，五不堪也。不喜俗人，而当与之共事，或宾客盈坐，鸣声聒耳，嚣尘臭处，千变百伎，在人目前，六不堪也。心不耐烦，而官事鞅掌[49]，机务缠其心，世故烦其虑，七不堪也。又每非汤、武而薄周、孔[50]，在人间不止，此事会显，世教所不容，此甚不可一也。刚肠疾恶，轻肆直言，遇事便发，此甚不可二也。以促中小心之性，统此九患，不有外难，当有内病，宁可久处人间邪？又闻道士遗言，饵术、黄精[51]，令人久寿，意甚信之。游山泽，观鱼鸟，心甚乐之。一行作吏，此事便废。安能舍其所乐，而从其所惧哉！

夫人之相知，贵识其天性，因而济之。禹不迫伯成子高[52]，全其节也；仲尼不假盖于子夏[53]，护其短也；近诸葛孔明不逼元直以入蜀[54]，华子鱼不强幼安以卿相[55]。此可谓能相终始，真相知者也。足下见直木不可以为轮，曲木不可以为桷[56]，盖不欲枉其天才，令得其所也。故四民有业，各以得志为乐，唯达者为能通之，此似足下度内耳。不可自见好章甫[57]，强越人以文冕也[58]；己嗜臭腐，养鸳雏以死鼠也[59]。吾顷学养生之术，方外荣华，去滋味，游心于寂寞，以无为为贵[60]，纵无九患，尚不顾足下所好者。又有心闷疾，顷转增笃，私意自试，必不能堪其所不乐。自卜已审，若道尽途穷则已耳。足下无事冤之，令转于沟壑也[61]。

吾新失母兄之欢，意常凄切。女年十三，男年八岁，未及成人，况复多病，顾此悢悢[62]，如何可言！今但愿守陋巷，教养子孙，时与亲旧叙离阔[63]，陈说平生，浊酒一杯，弹琴一曲，志愿毕矣。足下若嬲之不置[64]，不过欲为官得人，以益时用耳。足下旧知吾潦倒粗疏，不切事情，自惟亦皆不如今日之贤能也。若以俗人皆喜荣华，独能离之，以此为快，此最近之，可得言耳。然使长才广度，无所不淹，而能不营，乃可贵耳。若吾多病困，欲离事自全，以保余年，此真所乏耳，岂可见黄门而称贞哉！若趣欲共登王途[65]，期于相致，时为欢益，一旦迫之，必发狂疾。自非重怨，不至于此也。

野人有快炙背而美芹子者，欲献之至尊[66]，虽有区区之意，亦已疏矣。愿足下勿似之。其意如此，既以解足下，并以为别。嵇康白。

---

① 白：禀告，陈述。古代书信中自谦之词。 ② 足下：敬称对方，多用于书信。颍川：指山涛的族父山嵚（qīn）。他曾做颍川（今河南省许昌市东）太守，故以代称。 ③ 常：通“尝”，曾经。 ④“前年”句：魏高贵乡公甘露二年（257 年），诸葛诞在东南起兵，司马昭发兵征讨，下令征召嵇康，嵇康为拒绝做官，又因侄儿有事连累，便从洛阳躲避到了河东。甘露四年（259 年），才返回故乡山阳。魏元帝景元二年（261 年）写此信，故云。河东：郡名，治所安邑县，在今山西省

夏县西北。 ⑤ 显宗：公孙崇，字显宗，谯国（今安徽省亳州市）人，曾做尚书郎。阿都：吕安，字仲悌，小名阿都，东平（今山东省东平县东）人，嵇康好友。以吾自代：嵇康在河东时，山涛任骠骑将军王昶的从事中郎，司马昭要安排他做尚书吏部郎，他却准备推荐嵇康担任此职。 ⑥ 傍通：谓博通众艺并善于应变。傍，通“旁”。 ⑦ 间（jiān）：最近。迁：升官，指山涛由赵国（今河北省高邑县西南）相升为尚书吏部郎。 ⑧ 惕然：忧心害怕的样子。 ⑨“恐足”二句：《庄子·逍遥游》载，唐尧要把天下让给许由，许由拒绝道：“庖人虽不下厨房，尸祝也不越位去代他烹调。”二句化用此典，意谓山涛因独自做官感到羞耻，要引荐嵇康一同做官，但嵇康是不会去接替他的官职的。庖人：厨师。尸祝：对神主掌管祝祷的人，即主祭的人。尸：神主。 ⑩ 荐：进，献。鸾刀：把上装饰有铃的刀。鸾，通“銮”，一种铃。 ⑪ 漫：沾污。膻（shān）：像羊肉的气味。 ⑫ 并介：谓始终能耿介自守。并，专。介，耿介。 ⑬ 空语：虚说，空谈。同知：谓人所共知。 ⑭ 老子、庄周：见《幽愤诗》注。 ⑮ 柳下惠：见《幽愤诗》注。东方朔：（前 154—前 93）：字曼倩，西汉平原厌次（今山东省惠民县东）人。武帝时，为常侍郎（宫廷侍从官），性诙谐滑稽。 ⑯ 仲尼：孔子（前 551—前 479），名丘，字仲尼。春秋时鲁国陬（zōu）邑（今山东省曲阜市东南）人，为儒家的创始者。 ⑰“不羞”句：《论语·述而》载，孔子说：“如果富贵可以追求，即使去做执鞭赶车的人，我也在所不辞。” ⑱ 子文：春秋时楚国人。 ⑲“而三”句：子文曾三次做令尹，没有流露过喜色；又三次被免官，也没有表现出不高兴。交接的时候，一定要把过去的政事向新令尹交待清楚。孔子称赞他“忠”（见《论语·公冶长》）。令尹：楚国的最高官职，总揽军政大权。 ⑳ 济物：救济天下万物。 ㉑“所谓”二句：孟子说：“穷则独善其身，达则兼善天下。”（见《孟子·尽心上》）达：得志，谓仕途通显。穷：困窘，谓仕途不畅。自得：让自己感到得意、舒适。 ㉒ 尧、舜：唐尧、虞舜，都是传说中上古时的贤明君主。君：动词，称君。 ㉓“许由”句：《吕氏春秋·慎行论·求人》载，尧想把君位让给许由，许由不肯接受，逃到箕山隐居起来。岩栖：居于山岩，指隐居。 ㉔ 子房：张良，字子房，相传为城父（今河南省郏县东人）。为汉高祖刘邦的主要谋臣。 ㉕ 接舆：春秋时楚国隐士。《论语·微子》载，接舆从孔子的车旁走过时，唱道：“凤凰呀，凤凰呀！你的德性为什么这样糟糕？过去的已不可挽回，未来的还可以赶得上。算了吧，算了吧！现在参与政治的人是多么危险啊！”意在讽劝孔子归隐。 ㉖ 附：归附，趋向。 ㉗“故有”二句：语出《韩诗外传》卷五：“朝廷之士为禄，故入而不出；山林之士为名，故往而不返。” ㉘“且延”句：春秋时吴王寿梦死后，季札之兄诸樊要立季札为国君，季札以子臧不为曹国国君为榜样，坚决不受（见《左传·襄公十四年》）。延陵：即季札，吴王寿梦第四子，因封于延陵（今江苏省常州市），故又称延陵季子。子臧：一名欣时，曹国公子。曹宣公死后，诸侯与曹人准备立子臧为国君，子臧离国而去。 ㉙“长卿”句：《史记·司马相如传》载：“相如既学，慕蔺相如之为人，更名相如。”长卿：即司马相如（前179—前118）。西汉文学家，字长卿，蜀郡成都（今四川省成都市）人。蔺相如：战国时赵国人。曾不畏秦威，使完璧归赵，后拜为上卿。 ㉚ 尚子平：东汉时隐士，曾做过县功曹，后辞官归隐，以卖柴为生。台孝威：台佟，字孝威，东汉魏郡邺县（今河北省临漳县西南）人。隐居武安山，凿穴而居，采药为业。

㉛ 慨然：深为感慨的样子。 ㉜ 孤露：六朝时习语，谓父亡为孤露，孤单而无所庇护的意思。 ㉝ 见：用在动词前，同前置的“我”。 ㉞ 不能：不耐烦，不愿。能，通“耐”。 ㉟ 为……见……：六朝时的被动句式，同“为……所……”句式。侪（chái）类：同辈。侪，一类。 ㊱ 禽：同“擒”，捕捉。 ㊲ 顿缨：弄坏绳索。顿，坏。 ㊳ 镳（biāo）：马笼头，这里指鹿笼头。 ㊴ 阮嗣宗：阮籍（210—263），字嗣宗，三国尉氏（今河南省尉氏县）人。“竹林七贤”之一，善弹琴，好老、庄，常纵酒谈玄，口不臧否人物，以求自全。 ㊵ “幸赖”句：何曾曾在司马昭面前指责阮籍，说他“任性放荡，败礼伤教”，应流放到四方的边远地方去。司马昭说：“这位贤士一向瘦弱，你应当原谅他。”（见《文选》李善注引孙盛《晋阳秋》）赖：依靠。大将军：指司马昭，继其兄司马师为魏大将军，专国政。其子炎建立晋朝后，追尊为文帝。 ㊶ 万石：见《幽愤诗》注。 ㊷ 疵（cī）：毛病。衅（xìn）：空隙，事端。 ㊸ 不置：不舍，不停。 ㊹ 章服：冠帽和衣服，这里指官帽官袍。 ㊺ 作书：写字。魏晋以写字为艺术，须写作。 ㊻ 机：通“几”，案桌。 ㊼ 者：句末语气词。 ㊽ 诡故：诈伪。故，巧伪。 ㊾ 鞅（yāng）掌：事务忙碌。 ㊿ 汤：成汤，商朝的建立者。武：周武王姬发，周朝的建立者。周：周公姬旦，武王之弟，曾助武王灭商。相传他制礼作乐，建立典章制度。孔：孔子。 ○51 术（zhú）、黄精：白术和黄精，为两种补气健脾润肺的中药。 ○52 “禹不”句：伯成子高原是唐尧时的诸侯，后来尧让位给舜，舜让位给禹时，伯成子高即辞去诸侯而去耕田。禹去看他，问他为什么要归隐，他回答说：“尧时天下治理得好，现在你治理得不好，后世的祸乱就从此开始。”说罢请禹走开，自己低头继续耕田（见《庄子·天地》）。禹：夏朝第一个君主，

姓姒，又称夏禹、大禹，传说他曾治平洪水。 ⑤③“仲尼”句：有一次，孔子要出门，天正下着雨却没有雨伞。有个弟子告诉他说子夏有伞。孔子说：“子夏为人比较吝啬。我听说和人交往，要推许他的长处，避开他的短处，这样交情才会长久。不要向子夏借伞了。”（见《孔子家语·致思》）子夏（前507—?）：即卜商，字子夏，春秋时卫国人，孔子的学生。 ⑤④“近诸”句：徐庶本是刘备的谋臣，后因曹操俘获其老母，徐庶便辞别刘备，投奔曹操。诸葛亮也没有阻留（见《三国志·蜀书·诸葛亮传》）。诸葛孔明：诸葛亮（181—234），字孔明，三国琅琊阳都（今山东省沂南县南）人，为刘备的主要谋臣。元直：徐庶，字元直，三国颍川人。被迫归曹操后，官至右中郎将，死于魏明帝时。 ⑤⑤“华子”句：魏文帝时，华歆为司徒，举荐管宁，管宁携全家渡海而归。后又拜管宁为太中大夫，仍推辞不受。明帝时，华歆为太尉，又举荐管宁，拜光禄勋，管宁仍固辞不受（见《三国志·魏书·管宁传》）。华子鱼：华歆（157—231），字子鱼，三国平原高唐（今山东省禹城市西南）人。幼安：即管宁，字幼安。 ⑤⑥桷（jué）：方形的椽子。 ⑤⑦章甫：古代的一种帽子。 ⑤⑧“强越”句：《庄子·逍遥游》载，宋国人到越国贩卖帽子，越国人的习俗是剪光头发，身刺花纹，根本用不着帽子。越：周朝诸侯国名，建都会稽（今浙江省绍兴市）。约公元前306年为楚国所灭。 ⑤⑨“已嗜”二句：《庄子·秋水》载，惠施做了梁国的宰相，听说庄子来了，害怕他要抢夺自己的相位，便派人搜寻庄子。于是庄子去见惠施，对他说：“南方有一种鸟叫鹓鶵（yuān chú），从南海飞到北海，不是梧桐树它不休息，不是竹子的果实它不吃，不是甜美的泉水它不饮。有只猫头鹰找到一只腐烂的老鼠，鹓鶵刚好飞过，猫头鹰怕它来抢，仰起头对鹓鶵叫一声

‘吓’！现在你想用你的梁国相位来对我‘吓’一声吗？”此处引用此典，讥讽山涛不要因自己喜欢做官，以为别人也和他一样。鸳雏：又写作“鹓鸰”，传说中凤凰一类的鸟。 ⑥⓪ 无为：道家的哲学思想，即顺应自然的变化，不求有所作为之意。 ⑥① 转于沟壑：弃尸于溪谷。 ⑥② 悢悢（liàng）：悲伤。 ⑥③ 离阔：离别。阔，离。 ⑥④ 嬲（niǎo）：纠缠。 ⑥⑤ 趣（cù）：通“促”，急于。 ⑥⑥ “野人”二句：《列子·杨朱》载，宋国有个农夫，只穿着麻布衣过冬。到春天农事开始时，他便到太阳照到的地方晒太阳。他不知道世上有高楼深院、丝绵皮衣，对妻子说：“晒太阳暖和，人们都不知道，把它告诉国君，将会得到重赏。”村里的财主告诉他说：“从前有个人，认为胡豆味道很美，大麻秆、芹菜籽很甜，对乡里的富豪称赞不绝，富豪也拿来尝尝，却刺痛了嘴，肚子也很难受。大家都讥笑、埋怨那个人。”炙（zhì）：烤，此指晒太阳。

翻译

嵇康禀告：过去您在山嵚面前称道我不愿做官，我曾经认为这是知己的话。但是我又常常对此感到奇怪，心想我还没有被您熟悉，从哪里就得知了我的心意呢？前年我从河东回来，显宗和阿都对我说，您曾建议让我来替代您的职务。这件事虽然没有成，但由此知道您原来并不了解我。您博通众艺，对事物赞许多而责怪少；我性格直爽，心胸狭窄，很多事不能忍受，只是偶然和您互相知道罢了。近来听说您升官了，我恐慌起来，并不喜欢，害怕您以厨师独自切肉做菜为耻，要拉祭师来做帮手，亲自递上屠刀，让他沾上一身腥膻气味。所以我来为您详细说明一下这样做可不可以？

我过去读书，听到有一种不论穷困还是显达都能耿介自守的人，有时我认为不会有这种人，现在才相信真有这种人了。一个人秉性对某些事不能忍受，真不可勉强。现在凭空说大家都知道有种通达的人，对世事没有什么不能接受的，外表上与世俗人没有两样，而内心却不失去方正，能与世俗同沉浮，却不产生悔恨了。老子、庄子是我的老师，亲自安处低贱的职位；柳下惠、东方朔是通达的人，都安心于卑微的职位；我怎么敢轻视他们呢？又如孔子主张博爱无私，不羞于执鞭赶车；子文不想做宰相，却三次登上了令尹的高位；这就是君子想救世济民的心意，他们都是前人所谓在仕途通达的时候能够兼善天下而不改变自己的意志，在仕途窘迫的时候能够自觉得意而没有郁闷。由此来看，唐尧、虞舜做皇帝，许由隐居山林，张良辅佐汉朝，接舆唱歌规劝孔子，他们的处世准则是一样的。仰望上面几位，可以说都是能够实现他们自己志向的人。所以说君子的行为有多种多样，但不同的道路可以达到共同的目的，依照自己的本性行动，各自可以归附到心灵安宁的地方。所以有在朝廷做官入而不出，隐居山林往而不返的说法。况且季札推崇子臧的情操，司马相如爱慕蔺相如的气节，个人志向和气节的仰慕对象，是不可改变的。每当我读尚子平、台孝威传的时候，深为感慨地钦慕他们，想见他们的为人。加上我年幼时失去父亲，母亲和哥哥对我娇宠，没有涉猎那些儒家的经学，性情又粗疏懒惰，筋骨迟钝，肌肉松弛，头发脸面经常一月半月不洗，不是十分发闷发痒，就不愿洗头。常常忍着小便不愿起身去解，等到尿在膀胱中胀得稍微转动，才不得不起身小便。又因为放纵过久，性情变得傲慢懒散，举止随便与礼法相违背，懒散与傲慢相辅相成，而这些过错都得到朋辈的宽容，不加指责。又读了《庄子》《老子》之后，更助长了我的狂放。因此，使追求荣华仕进的心愿日益减弱，而放任本性的心情反而更加强烈。这就像捕养的鹿一样，如果自幼便驯服养育，那就会服从管教约束；如果长大后再加以束缚，那就会发狂似的四面张望，挣坏羁绊它的绳索，赴汤蹈火也在所不顾；即使给它戴上金做的笼头，喂给它最美好的食物，它也还是更加思念茂密的树林和丰美的百草。

阮籍从不议论别人的过错，我常常想学习他，但没有能够做到。他纯厚的天性超过了一般的人，待人接物两不相妨，只是饮酒过度罢了。以至被那些维护礼法的人们所纠劾，如仇人一般痛恨他，幸亏依赖大将军司马昭保护他了。我比不上阮籍那样的资质，却有傲慢懒散的缺点；又不懂人情世故，不知道随机应变；没有石奋那样的谨慎，却有喜欢直话说尽的毛病，久和世事接触，事端就会每天发生，即使想不发生祸患，难道能够做得到吗？还有人与人之间的关系有一定的礼法，朝廷也有一定的法度，我考虑得极为成熟，有一定不能忍受的事情七件，有千万不可去做的事情两件：我睡觉时喜欢晚起，但看门的差役却叫唤不停，这是第一件不能忍受的事。我喜欢抱着琴边走边弹唱，或在野外射鸟钓鱼，但下属官员和衙役却守护在身旁，不得随意行动，这是第二件不能忍受的事。端端正正坐了一阵子，腿脚麻痹了也不能活动，身上虱子又多，要不停地抓捉，却要穿戴礼帽礼服，对上级官员作揖跪拜，这是第三件不能忍受的事。我平素不擅长写书札，也不喜欢写字，但人间世俗的事情很多，公文堆满案桌，如果不应酬回答，就会违犯礼教，有伤道义；如果勉强自己去应酬，又不能持久，这是第四件不能忍受的事。我不喜欢吊丧，但世俗人情却对此很重视，我已经被不肯谅解的人所恨，以至于要中伤我；虽然我惊恐不安地责备自己，但是本性是不能改变的，要想抑制自己的本性而顺从世俗，就属诈伪，不合真情，终究也不能像现在这样既不受到罪责也得不到称赞，这是第五件不能忍受的事。我不喜欢庸俗的人，却要和他们在一起办事，或者宾客满坐，叫嚷之声在耳边吵扰，嘈杂、污秽的不良环境，千变万化的花招伎俩，都展现眼前，这是第六件不能忍受的事。我心里不能忍受烦扰，但官场上事务繁忙，政事缠绕在心，世俗的交往又要花费很多心思，这是第七件不能忍受的事。再者我常常否定商汤、周武王，而且轻视周公、孔子，如果在官场上不停止这种议论，这件事就会张扬出去，必为世上礼教所不容，这是使我千万不可做官的第一件事情。我心肠刚直，憎恨丑恶，轻率放肆，直言不讳，碰到事情便要发作，这是使我千万不能做官的第二件事情。以我心胸狭窄的性格，加上这九种毛病，没有外来的灾难，也会有自身的病痛，哪里能一直存身在人间呢？又曾听到有道之士流传下来的话说，服食白术和黄精，可以使人长寿，心里很相信这话；游览山水，观赏鱼鸟，对这种生活心里非常高兴。一旦做官，这种生活便丢掉了，怎么能够舍弃我喜欢做的事情而去做我害怕做的事情呢？

人与人结成知心朋友，贵在了解对方的天生本性，并循此加以帮助。夏禹不逼迫伯成子高做官，是为了成全他的节操；孔子不向子夏借伞，是为了掩饰他的短处；近世诸葛亮不逼迫徐庶任职蜀汉，华歆不强迫管宁出任卿相，这些人可以说能善始善终，是真正的知心朋友。您看到笔直的木头不可以用来做车轮，弯曲的木料不可以用来做椽子，是因为不想委屈它们天然的材料，使它们各得其所。所以士、农、工、商各有自己的专业，都以达到自己的志向为快乐，只有通达的人才能懂得这个道理，这似乎也在您的准则之中了。不能自己看到漂亮的礼帽，也强迫越国的人戴上有纹饰的帽子；自己嗜好腐烂发臭的食物，也用死了的老鼠来喂养鸳雏。我近来学习养生的方法，正排斥荣华，屏弃美味，心神向往着寂静，以“无为”为最足珍贵，即使没有那九种毛病，我尚且还不屑一顾您所爱好的那些东西哩。我还有心闷的疾病，近日变得更加严重，私自设想一下，一定忍受不了所不乐意的事。我的选择已经明确，如果无路可走也就算了。您不要做冤屈我的事，使我陷入水沟山壑的绝境。

我刚刚失去母亲和哥哥的欢爱，心中时常感到悲伤。女孩刚十三岁，男孩才八岁，还没有长大成人，况且又经常生病。想到这些就很悲伤，真不知怎么来说。现在我只想守着这狭窄的巷子，教育好自己的儿孙，时常与亲朋故旧叙说离别之情，谈谈日常琐事，喝一杯混浊的酒，抱琴弹一支乐曲，我的心愿就满足了。如果您纠缠住我不放，不过是想为朝廷物色人，以便为世所用罢了。您过去就知道我颓丧粗疏，不合世俗人情，自己也认为比不上现在朝廷上的贤能之人。如果以为世俗之人都喜欢荣华富贵，而我偏偏能抛开它，并因此而感到快乐，这就是最接近我的志趣了，也就可以谈谈了。假使有人才能高、度量大，无所不通，却又能不追求仕进，这才是可贵了。像我这样有很多疾病的人，只想远离人事以求保全自己的余年，确实是缺乏那种才德罢了，怎么能看见宦官而称赞他的贞操啊！如果急于要我和您一同做官，希望把我招去，经常共作欢乐，一旦来逼迫我，我一定会发疯的。如果没有深仇大恨，是不会这样做的。

乡下人有以晒太阳为乐事，以芹菜籽为美味的，想把它献给皇帝，虽然有一片至诚的心意，但也太不切合实际了。希望你不要像他们那样。我的意思正是这样的。写这封信既是为了向您说明白原由，同时也以此作为告别。嵇康禀告。

卜疑

这是一篇骚体文，模仿屈原《卜居》的主客对答形式。文章写一个“怀玉被褐”、道德高尚的“宏达先生”，在“大道既隐，智巧滋繁”的时代，心中充满痛苦、彷徨，不知如何选择自己今后的生活道路，便向“太史贞父”求卜，陈述心中的种种疑虑。他提出了各种各样的生活道路：或卑怯驯服，追逐名利；或刚正不阿，对抗权势；或积极入世，建立功业；或轻贱功名，笑傲江湖；或隐居行义，半隐半现；或屈身隐居，等待时机；或以老庄为师，或以王子乔、赤松子为友。这反映了他内心极为矛盾复杂的思想感情。最后，“太史贞父”为宏达先生作了选择：“内不负心，外不负俗，交不为利，仕不为禄，鉴乎古今，涤情荡欲。”这并不是在宏达先生提出的疑问中作一个简单的选择，而是一种新的、具有弹性的处世原则。“宏达先生”便是嵇康的化身，他所问的正是嵇康心中的疑虑，也是当时士人如何选择道路的问题。“宏达先生”的痛苦和彷徨，也是那个黑暗、险诈时代一般士人所共有的痛苦和彷徨。

有宏达先生者①，恢廓其度②，寂寥疏阔，方

而不制，廉而不割[3]，超世独步，怀玉被褐[4]；交不苟合，仕不期达。常以为忠信笃敬，直道而行之，可以居九夷[5]，游八蛮[6]，浮沧海，践河源，甲兵不足忌，猛兽不为患。是以机心不存，泊然纯素，从容纵肆，遗忘好恶，以天道为一指[7]，不识品物之细故也[8]。然而大道既隐，智巧滋繁；世俗胶加，人情万端；利之所在，若鸟之逐鸾；富为积蠹[9]，贵为聚怨，动者多累[10]，静者鲜患[11]。尔乃思丘中之德士，乐川上之执竿也[12]。于是远念长想，超然自失：郢人既没，谁为吾质[13]？圣人吾不得见，冀闻之于数术[14]。乃适太史贞父之庐而访之[15]，曰："吾有所疑，愿子卜之。"贞父乃危坐摆蓍[16]，拂几陈龟，曰："君何以命之？"

先生曰："吾宁发愤陈诚，谠言帝廷，不屈王公乎？将卑懦委随[17]，承旨倚靡，为面从乎？宁恺悌弘覆[18]，施而不德乎[19]？将进趋世利，苟容偷合乎？宁隐居行义[20]，推至诚乎？将崇饰矫诬[21]，养虚名乎？宁斥逐凶佞[22]，守正不倾，明否臧乎[23]？将傲倪滑稽[24]，挟智任术，为智囊乎？宁与王乔、赤松为侣乎[25]？将追伊挚而友尚父乎[26]？宁隐鳞藏彩，若渊中之龙乎？将舒翼扬声，若云间之鸿乎？宁外化其形[27]，内隐其情，屈身随时，陆沉无名[28]，虽在人间，实处冥冥乎？将激昂为清，锐思为精，行与世异，心与俗并，所在必闻，恒荧荧乎[29]？宁寥落闲放，无所矜尚，彼我为一，不争不让，游心皓素[30]，忽然坐忘[31]，追羲、农而不及[32]，行中路而惆怅乎？将慷慨以为壮，感慨以为亮，上干万乘[33]，下凌将相，尊严其容，高自矫抗[34]，常如失职，怀恨怏怏乎？宁聚货千亿，击钟鼎食[35]，枕藉芬芳[36]，婉娈美色乎？将苦身竭力，翦除荆棘，山居谷饮，倚岩而息乎？宁如伯奋、仲堪[37]，二八为偶[38]，排摈共、鲧[39]，令失所乎[40]？将如箕山之夫[41]，白水之女[42]，轻贱唐虞而笑大禹乎？宁如泰伯之隐德，潜让而不扬乎[43]？将如季札之显节义，慕为子臧乎[44]？宁如老聃之清净微妙[45]，守玄抱一乎[46]？将如庄周之齐物变化[47]，洞达而放逸乎？宁如夷吾之不吝束缚，而终立霸功乎[48]？将如鲁连之轻世肆志[49]，高谈从容乎？宁如市南子之神勇内固[50]，山渊其志乎？将如毛公、蔺生之龙骧虎步[51]，慕为壮士乎？此谁得谁失，何凶何吉？时移俗易，好贵慕名。臧文不让位于柳季[52]，公孙不归美于董生[53]，贾谊

一当于明主，绛、灌作色而扬声[54]。况今千龙并驰，万骥俱征，纷纭交竞，逝若流星，敢不惟思[55]，谋于老成哉[56]！”

太史贞父曰：“吾闻至人不相[57]，达人不卜。若先生者，文明在中，见素抱朴[58]，内不愧心，外不负俗，交不为利，仕不谋禄，鉴乎古今，涤情荡欲。夫如是，吕梁可以游[59]，汤谷可以浴[60]。方将观大鹏于南溟[61]，又何忧于人间之委曲！”

---

① 宏达先生：假托的人物。宏达，博大通达。 ② 恢廓（kuò）：宽广。 ③“方而”二句：《老子·五十八章》说：“是以圣人方而不割，廉而不刿。”制：裁。廉：棱角。 ④ 被（pī）：穿。 ⑤ 九夷：古代称东方少数民族为夷，共有九类，故称九夷。 ⑥ 八蛮：蛮指南方少数民族，共有八种，故称八蛮。 ⑦“以天”句：《庄子·齐物论》说：“天地一指也，万物一马也。”意谓从相同的观点来看，天地万物都具有它们的共同性。一指、一马，都是用来代表天地万物同质的概念。 ⑧ 品物：众物，万物。 ⑨ 蠹（dù）：蛀虫，引申为祸害。 ⑩ 动者：忙忙碌碌的人，此指做官者。 ⑪ 静者：安闲的人，此指隐居者。 ⑫“乐川”句：意谓愿学庄周，隐居钓鱼。见《赠兄秀才入军》（其十四）注。 ⑬“郢人”二句：见《赠兄秀才入军》（其十四）注。郢人：此喻指庄周，作者自喻匠石。质：靶子，目标，此喻指交谈的对象。 ⑭ 数术：方术，关于天文、历法、占卜的学问。 ⑮ 太史：官

名。上古为史官，兼管天文历法等；魏晋时专管天文历法。贞父(fǔ)：假托的人名，意为占卜的老人。 ⑯ 揲(shé)：抽数、排列著草以占卦。著(shī)：占卜用的蓍草茎。 ⑰ 宁……将……：古汉语选择问句的一种格式。 ⑱ 恺悌(kǎi tì)：和乐的样子。弘覆：普遍覆盖，谓普天之下都受其庇护。 ⑲ “施而”句：施惠而不显示己德。《左传·襄公二十九年》载，宋国发生饥荒，宋平公下令，大夫都要借谷子给百姓。司城子罕借出了谷子却不写下自己的名字。叔向听到后，称赞司城子罕“施而不德”。 ⑳ 隐居行义：孔子说：“隐居以求保全他的意志，行义来贯彻他的主张。”(见《论语·季氏》) ㉑ 矫诬：虚假欺骗。 ㉒ 佞(nìng)：巧言谄媚。 ㉓ 否(pǐ)：坏。㉔ 傲倪：傲然斜视，形容蔑视一切。倪，通“睨(nì)”。滑(gǔ)稽：圆滑谄媚。 ㉕ 王乔：见《游仙诗》注。赤松：即赤松子。传说中为神农时司雨之神，能入火不烧，随风雨上下。 ㉖ 伊挚：即伊尹。商初大臣，帮助成汤攻灭夏桀。汤死后，又辅佐外丙、仲壬二王。尚父：即吕尚。姜姓，吕氏，名尚，俗称姜太公，周武王尊称为尚父(意为崇敬的父辈)。曾辅佐武王灭殷。 ㉗ 外化其形：人的外在形体逐渐变化，谓逐渐衰老。《庄子·齐物论》说：“其形化，其心与之然，可不谓大哀乎?”谓人的精神也随着外在形体的衰老而衰殆，是莫大的悲哀。 ㉘ 陆沉：无水而沉，喻埋没不为人知。 ㉙ 荧荧：光明耀眼的样子。 ㉚ 皓素：即太素，形成天地的原始物质，喻质朴。㉛ 坐忘：道家所追求的物我两忘、淡泊无虑的精神境界。《庄子·大宗师》载：“颜回说：‘遗忘了自己的肢体，抛开了自己的聪明，抛弃了形体，忘掉了知识，和大道融通为一，这就是坐忘。’” ㉜ 羲、农：即伏羲氏和神农氏，都是传说中的远古帝王。 ㉝ 干(gān)：求。

㉞ 矫抗：谓故意与人相异，抬高自己的身份。 ㉟ 击钟：奏乐。钟，一种乐器。鼎食：列鼎而食，均指贵族的豪奢生活。 ㊱ 藉(jiè)：垫，以……为垫。 ㊲ 伯奋、仲堪：相传为高辛氏(即帝喾〔kù〕)的两个才子，均为“八元”成员。 ㊳ 二八：指八元和八恺。八元，传说中高阳氏的八个才子：伯奋、仲堪、叔献、季仲、伯虎、仲熊、叔豹、季狸。八恺，传说中高阳氏的八个才子：苍舒、隤敳(tuí ái)、梼戭(táo yǎn)、大临、尨(máng)降、庭坚、仲容、叔达。 ㊴ “排摈”句：《左传·文公十八年》载，舜为尧臣时，把浑敦、穷奇(即共工)、梼杌和饕餮(tāo tiè)四大恶人流放到四方荒远之地。共(gōng)：即共工。相传为尧时大臣。鲧(gǔn)：相传为大禹之父，号崇伯。奉尧命治水，九年无功，被舜杀死在羽山。 ㊵ “令失”句：指舜放逐四大恶人之事。 ㊶ 箕山之夫：指许由，见《与山巨源绝交书》注。 ㊷ “白水”句：相传白水边上有两个神女在洗衣服，大禹正从此经过，向她们请教如何治理天下。她们讥讽道：“你大腿上没有白肉，小腿上没有毛，脸上冻坏了，手脚上长满了重重老茧，怎么竟成了这个样子！”(见《文选》司马相如《难蜀父老》李善注引《庄子》) ㊸ “宁如”二句：《史记·吴太伯世家》载，周太王欲立幼子季历，长子太伯知太王之意，便同其弟仲雍一起避居江南，并改从当地风俗，断发文身，表示再也不能继承君位。泰伯：又作“太伯”，自号句(gōu)吴，为周代吴国的始祖。 ㊹ “将如”二句：见《与山巨源绝交书》注。 ㊺ 清净：清静无为。《老子·四十五章》说：“清静为天下正(首领)。” ㊻ 抱一：守道。《老子·二十二章》说：“是以圣人抱一为天下式(占卜的用具)。”意谓圣人用道作为观察天下的命运。 ㊼ 齐物：万物合为一体，彼此没有差别。庄周有《齐物论》。齐：同。变化：事物的生灭转

化，即庄周的“物化”之意，指泯灭事物的差别，彼我同化。 ㊽“宁如”二句：管仲初事齐国公子纠，为避乱，随公子纠出奔鲁国，鲍叔牙随公子小白出奔莒(jǔ)国。齐襄公被杀，纠和小白争夺君位，小白先回，立为桓公，杀死公子纠，囚归管仲。由鲍叔牙推荐，桓公又任命管仲为相。在管仲的辅佐下，齐桓公成了春秋时第一个霸主(见《史记·管晏列传》)。夷吾：即管仲(？—前645)。春秋时齐国颍上(颍水之滨)人。吝：恨。 ㊾“将如”句：《史记·鲁仲连列传》载，齐国要收复被燕国占据的聊城(今山东省聊城市西北)，田单久攻不下，士卒死伤甚多。鲁仲连便写信劝说燕将撤守，于是收复聊城。齐王想授给仲连爵位，仲连便逃往海上隐居起来，他说：“吾与(与其)富贵而诎(通“屈”，屈服)于人，宁(不如)贫贱而轻世肆志焉。”鲁连：即鲁仲连。战国时齐国人，善于计谋、游说，常周游各国，排难解纷。㊿“宁如”句：《左传·哀公十六年》载，楚惠王时，白公胜阴谋夺取政权，闻市南熊宜僚能抵挡五百人，便请他去杀令尹子西。宜僚不从，白公胜用剑指着他的喉咙威逼他，宜僚纹丝不动，仍照旧弄丸(古杂技名，取众丸投空，以手相接，使不堕地)。参见《庄子·徐无鬼》。市南子：即熊宜僚。春秋时楚国勇士，善弄丸。因住在市南，故称市南宜僚。 51 毛公：即毛遂。战国时赵国人，平原君赵胜的食客。赵孝成王九年(前257年)，秦攻赵，平原君到楚国求救，毛遂自荐同往。平原君和楚王谈判，半天没有结果，毛遂按剑而前，直陈利害，终于使楚王同意赵楚合纵抗秦(见《史记·平原君列传》)。蔺生：即蔺相如，见《与山巨源绝交书》注。 52“臧文”句：《论语·卫灵公》载，孔子说：“臧文仲其窃位者与！知柳下惠之贤而不与立(同“位”)也。”臧文：即臧文仲(？—前617)。春秋时鲁国大夫，臧孙氏，名辰。

历仕鲁庄公、闵公、僖公、文公四君。柳季：即柳下惠，见《幽愤诗》注。 ㊺“公孙”句：《史记·儒林·董仲舒列传》载，公孙弘研究《春秋》不如董仲舒，但弘能迎合世俗，官至公卿。董仲舒认为他善于阿谀奉承，弘因此忌恨他。武帝之兄胶西王残暴凶狠，多次残害国相，公孙弘对武帝说：“只有董仲舒可以做胶西王的国相。”胶西王知道董仲舒是个大儒家，待他很好，但仲舒担忧久了仍要获罪，便称病免官。公孙：指公孙弘（前200—前121）。西汉菑（zī）川薛县（今山东省滕州市南）人，字季。武帝时官至丞相。董生：指董仲舒（前179—前104）。西汉广川（今河北省枣强县东）人，专治《春秋公羊传》，推崇儒术，抑黜百家，开此后两千余年以儒学为正统的先声。 ㊻“贾谊”二句：《史记·贾谊列传》载，贾谊年少才高，深得文帝赏识，一年中官至太中太夫。后文帝又准备让贾谊担任公卿之职，周勃和灌婴等大臣都很忌妒他，在文帝面前诽谤说：“这个洛阳人，年少初学，只想专权，扰乱国家大事。”于是贬为长沙王太傅。贾谊（前200—前168）：西汉洛阳（今河南省洛阳市东）人，时称贾生。曾多次上疏，批评时政。绛：指周勃（？—前169）。西汉沛县（今江苏省沛县）人。从刘邦起义，以军功封绛侯。吕后死，他和陈平定计平定吕氏叛乱，迎立文帝，任右丞相。灌：指灌婴（？—176）。西汉睢（suī）阳（今河南省商丘市南）人。从刘邦起义，后封颍阴侯。又与周勃等一起拥刘诛吕，迎立文帝，官至丞相。 ㊼ 惟：思考。 ㊽ 老成：年高德重的人。 ㊾ 至人：指思想道德等某方面达到最高境界的人。 ㊿ 见（xiàn）：显现，后作“现”。 ⑤⁹“吕梁”句：《庄子·达生》载，孔子在吕梁游览，有高悬的瀑布二十多丈，激流四十里，鱼鳖都无法游，却看见一个男子在游水，潜入水中好几百步远才浮出水面，披着头发边唱边游到岸下。孔子过去问他游水有没有特别的方法，他回答说："有所成是顺于自然，和漩涡一起潜入水中，和急流一起浮出，顺着水势而不由自己。这就是我游水的方法。"吕梁：水名。在西河离石县（今山西省吕梁市离石区）。 ⑥⓪ 汤（yáng）谷：神话传说中太阳洗澡的地方。 ⑥① "方将"句：《庄子·逍遥游》载，北海有条鱼，名叫鲲，不知道有几千里大。化为鸟，名叫鹏。鹏的背部，也不知有几千里大，奋起而飞，它的翅膀就像天边的云，海啸时就乘风飞往南海。当鹏迁往南海时，水花激起三千里，翅膀拍着旋风直上九万里高空。南溟：南海。

翻译

有位宏达先生，气度宽宏，恬静不拘小节，方正却不显得生硬，有棱角但又不至于伤害人，杰出于世，独一无二，怀里揣着美玉，外面却穿着粗布衣服；交往从不苟且求合，出仕并不期望官运亨通。常常认为忠实守信，厚道严肃，走在正路上，也就可以在荒远的九夷之地居住，到南方的边远之地游历，漂洋过海，探寻河源，战事不值得畏惧，猛兽不能加害。因此他没有巧诈之心，淡泊纯朴，随便放任，忘却了爱好和憎恶，认为天道就和一个手指一样，不知区别物类的细微末节。然而大道已经隐没，智巧滋生繁衍；世间习气纠缠不清，人间情性纷繁复杂；利益所在之处，世人就好像众鸟追逐凤凰一般纷纷而至；富足乃蓄祸诛，显贵乃积怨仇，入仕做官的人多有忧患，守静安处的人很少灾难。因此他便羡慕山中有德的隐士，欢喜在河边执竿钓鱼。于是远思遐想，不禁怅然若失：楚人已经死了，谁来和我谈心呢？圣人我是无法看见了，希望听从方术的指教。于是到太史贞父家里去拜访，对贞父说："我有些疑惑之处，希望您为我占卜一下。"贞父便端坐好，拿起蓍草，拂拭桌子，陈列龟片，问道："您让我占卜什么呢？"

先生说："我是竭力披露忠诚，在朝廷仗义直言，不屈服于王公贵族，还是卑怯柔弱，驯服地秉承旨意，唯唯诺诺地表面顺从呢？是快乐地像昊天一样荫庇万物，施行恩惠又不显示自己的德行？还是追逐世俗的利益，和他们苟且偷合呢？是避世隐居仗义而行，把自己的至诚之心推向天下？还是注意粉饰，招摇撞骗，提高虚假的名声呢？是斥责赶走凶险的小人，保持正直而不偏斜，辨明好坏？还是目空一切，巧言善辩，胸藏机智，玩弄权术，做个智囊人物呢？是与王子乔、赤松做伴侣？还是追慕伊尹、和吕尚为友呢？是隐藏起鳞片和色彩，像深渊中的蛟龙？还是展翅飞翔高声歌唱，像空中的大雁呢？是宁肯让这外在形体自然变化，内心隐藏的志向，压抑自己，隐居于时，埋没无名，虽然活在人间，其实是处在昏昧之中？还是振奋昂扬以显示自己的清廉，思想锐利以表明自己的精深，行为与世人相异，心思却与世俗相同，不论身在何处，都一定要使自己显名，永远光彩耀人呢？是寂寞旷达，从不夸耀自己，主客如一而没有差别，不强争也不忍让，心在太素中遨游，忽然物我两忘，追逐伏羲、神农已来不及，走到中途又茫然若失？还是慷慨激昂以显示自己的壮怀，感慨叹息来表明自己的高节，对上谋求天子的赏识，对下凌驾群相之上，让自己的仪容显得尊贵威严，故意与世人相异而抬高自己，经常像丢失了官一般，心怀遗憾郁郁不乐呢？是积聚巨大的财物，敲钟奏乐，列鼎而食，枕靠在美人身旁，缠绵于美色？还是劳身竭力，剪除荆棘，隐居深山，饮用峡中的水，背靠着山岩而休息呢？是像伯奋、仲堪一样，八元、八恺同时并用，排斥共工和鲧，把他们放逐到荒远之地？还是像箕山隐居的许由，在白水洗衣的神女一样，轻视唐尧、虞舜而嘲笑大禹呢？是如泰伯那样隐没德行，暗中让位给兄弟而不去扬名？还是像季札那样显示节操义行，向往效法子臧呢？是像老子那样清静无为精微深奥，保持清虚玄静合乎大道？还是像庄周那样视万物为一，通达而放任不拘呢？是像管仲那样不以捆绑为耻辱，终于立下霸主之功？还是像鲁仲连轻视名利，无拘无束，悠然自得，高谈阔论呢？是像市南子那样神勇无比，内心安定，意志像高山深渊一样凝重？还是像毛遂、蔺相如那样气概威武，如骏马猛虎昂头阔步，向往做壮士呢？所说这些，哪个有得，哪个有失，哪种选择是凶，哪种选择是吉呢？时间推移，风俗改变，喜欢显贵，爱慕虚名。臧文仲不愿举荐柳下惠，公孙弘不肯赞美董仲舒，贾谊刚遇上明主，周勃、灌婴便发怒而诽谤。何况现在千龙并驰，万马奔腾，纷纷纭纭，互相争逐，如流星般迅疾飘忽，谁敢不反复思考，去求教于年高德重之人呢！”

太史贞父说：“我听说道德最高的人不用看相，通达事理的人不主张占卜。像先生这样的人，文采光明存于心中，外表单纯，内心朴素，内不惭愧于心，外不背离世俗，交往不为获利，做官不谋俸禄，洞察古今，洗涤性情，扫荡物欲。如果像这样，就可以到吕梁游水，可以去汤谷沐浴。你会像是飞到南海的大鹏，又为什么要忧患人间的曲折变故呢？”

养生论

养生是个古老的题目。《庄子》中就有《养生主》，汉代《淮南子》中也有论述。但嵇康论养生，主要受汉末以来道教神仙长生之说的影响，另外也与他企图借此逃避世俗的志向有关。此文以阐述养生之道为旨。作者认为神仙禀受自然的异气，不是人学习所能达到的，但若“导养得理”“上获千余岁，下可数百年”，则是可能的。世人之所以中道而夭，是因为不精于养生之道。养生包括精神和形体两个方面。养神，是指精神修养方面而言，即要“少私寡欲”，无忧无虑，“体气和平”；养形，指“呼吸吐纳，服食养身”。导引呼吸之术可以锻炼人体机能，“上药养命，中药养性”，服用妙药可以保养身体。二者兼顾，使“形神相亲，表里相济”，长此以往，便能延年益寿。他反对“惟五谷是见，声色是耽”，认为“饮食不节以生百病，好色不倦以致乏绝”，认为喜怒哀乐损害精神，伤害身体。《养生论》在魏晋时期极负盛名，对后世产生过重大影响。

世或有谓：神仙可以学得，不死可以力致者；或云：上寿百二十，古今所同，过此以往，莫非妖

妄者。此皆两失其情，请试粗论之。

夫神仙虽不目见，然记籍所载，前史所传[①]，较而论之，其有必矣！似特受异气，禀之自然，非积学所能致也。至于导养得理，以尽性命[②]，上获千余岁，下可数百年，可有之耳。而世皆不精，故莫能得之。何以言之？夫服药求汗，或有弗获；而愧情一集[③]，涣然流离[④]。终朝未餐，则嚣然思食[⑤]；而曾子衔哀，七日不饥[⑥]。夜分而坐，则低迷思寝；内怀殷忧，则达旦不瞑。劲刷理鬓，醇醴发颜，仅乃得之；壮士之怒，赫然殊观[⑦]，植发冲冠。由此言之，精神之于形骸，犹国之有君也。神躁于中，而形丧于外，犹君昏于上，国乱于下也。夫为稼于汤之世[⑧]，偏有一溉之功者，虽终归于焦烂，必一溉者后枯。然则一溉之益，固不可诬也。而世常谓一怒不足以侵性，一哀不足以伤身，轻而肆之，是犹不识一溉之益，而望嘉谷于旱苗者也[⑨]。是以君子知形恃神以立，神须形以存，悟生理之易失，知一过之害生，故修性以保神，安心以全身。爱憎不栖于情[⑩]，忧喜不留于意，泊然无感，而体气和平；又呼吸吐纳[⑪]，服食养身，使形神相亲，表里俱济也。夫田种者，一亩十斛[12]，谓之良田，此天下之通称也，不知区种可百余斛[13]。田种一也[14]，至于树养不同，则功收相县。谓商无十倍之利，农无百斛之望，此守常而不变者也。且豆令人重，榆令人瞑，合欢蠲忿[15]，萱草忘忧，愚智所共知也。薰辛害目[16]，豚鱼不养。常世所识也。虱处头而黑，麝食柏而香[17]，颈处险而瘿[18]，齿居晋而黄[19]，推此而言，凡所食之气，蒸性染身[20]，莫不相应。岂惟蒸之使重而无使轻，害之使暗而无使明，薰之使黄而无使坚，芬之使香而无使延哉！故《神农》曰"上药养命，中药养性"者[21]，诚知性命之理，因辅养以通也。

而世人不察，惟五谷是见，声色是耽，目惑玄黄[22]，耳务淫哇，滋味煎其府藏；醴醪煮其肠胃[23]，香芳腐其骨髓，喜怒悖其正气，思虑销其精神，哀乐殃其平粹。夫以蕞尔之躯[24]，攻之者非一途；易竭之身而外内受敌，身非木石，其能久乎？其自用甚者[25]，饮食不节以生百病，好色不倦以致乏绝，风寒所灾，百毒所伤，中道夭于众难，世皆知笑悼，谓之不善持生也。至于措身失理，亡之于微，积微成损，积损成衰，从衰得白，从白得老，从老得终，闷若无端[26]，中智以下，谓之自然。纵少觉悟，咸叹恨于所遇之初，而不知慎众险于未兆。是犹桓侯抱将死之疾，而怒扁鹊之先见[27]，以觉痛之日为受病之始也。害成于微，而救之于著，故有无功之治。驰骋常人之域，故有一切之寿[28]，仰观俯察，莫不皆然。以多自证，以同自慰，谓天地之理尽此而已矣。纵闻养生之事，则断以所见，谓之不然。其次狐疑，虽少庶几[29]，莫知所由。其次自力服药，半年一年，劳而未验，志以厌衰，中路复废。或益之以沟浍[30]，而泄之以尾闾[31]，欲坐望显报者。或抑情忍欲，割弃荣愿，而嗜好常在耳目之前，所希在数十年之后，又恐两失，内怀犹豫。心战于内，物诱于外，交赊相倾[32]，如此复败者。夫至物微妙，可以理知，难以目识。譬之豫章，生七年然后可觉耳[33]。今以躁竞之心，涉希静之途，意速而事迟，望近而应远，故莫能相终。夫悠悠者既以未效不求[34]，而求者以不专丧业，偏恃者以不兼无功，追术者以小道自溺，凡若此类。故欲之者，万无一能成也。

善养生者则不然矣，清虚静泰，少私寡欲。

知名位之伤德，故忽而不营，非欲而强禁也；识厚味之害性，故弃而弗顾，非贪而后抑也。外物以累心不存，神气以醇白独著，旷然无忧患，寂然无思虑。又守之以一，养之以和，和理日济，同乎大顺。然后蒸以灵芝，润以醴泉，晞以朝阳，绥以五弦[35]，无为自得，体妙心玄，忘欢而后乐足，遗生而后身存。若此以往，庶可与羡门比寿[36]，王乔争年。何为其无有哉？

---

① 传(zhuàn)：记录。 ② 性命：生命。 ③ 集：至。 ④ 涣然：离散的样子。 ⑤ 嚣(xiāo)然：饥饿的样子。嚣，通“枵(xiāo)”。 ⑥“而曾”二句：《礼记·檀弓上》载，曾子对子思说：“我为父母行丧礼，七天一口汤水也没喝。”曾子(前 505—前 436)，春秋时鲁国南武城(今山东省费县)人，名参，字子舆。孔子学生，以孝著称。衔：怀在心中。 ⑦ 赫然：大怒的样子，此谓面红耳赤的样子。 ⑧“夫为”句：《吕氏春秋·季秋纪·顺民》说，成汤之时，“天大旱，五年不收”。 ⑨ 嘉谷：古代以粟(小米)为嘉谷，后为五谷的总称。 ⑩ 栖：止，停留。 ⑪ 吐纳：呼吸。 ⑫ 斛(hú)：容量单位，古代十斗一斛。 ⑬ 区(ōu)种：古代一种播种方法，在地里挖成一个个小方坑，用来蓄肥，然后播种。 ⑭ 田：播种。种：种子。 ⑮ 蠲(juān)：免除。 ⑯ 薰辛：指葱、蒜等有特殊气味的菜。薰，通“荤”。 ⑰ 麝(shè)：兽名，似鹿而小，能分泌麝香。 ⑱ 瘿(yǐng)：生长在脖

子上的一种囊状的瘤子。 ⑲“齿居”句:《尔雅翼》说,晋人特别喜好吃枣,时时食用,时间一长,牙齿都发黄。晋:周朝诸侯国名,主要地区在今山西省,后人便沿用这名称呼此地。 ⑳ 蒸:义同“染”。㉑《神农》:即《神农本草经》,三卷,约成书于秦汉时期,是我国现存最早的药物学著作。原书早佚,今有辑本。 ㉒ 玄黄:黑色和黄色,此指彩色的东西。 ㉓ 醴醪(láo):甜酒。醪,本指汁滓混合的酒,又泛指酒。 ㉔ 蕞(zuì)尔:小的样子。 ㉕ 自用:行动全凭己意,自以为是。 ㉖ 闷若:愚昧、浑噩的样子。无端:没有起点,没有尽头,此谓没有头绪。 ㉗“是犹”句:《韩非子·喻老》载,扁鹊三见蔡桓公,指出他患有重病。桓公不信,反认为他喜欢找没病的人治疗以便邀功。到了病入骨髓,不可救药,桓公仍执迷不悟。直到身体疼痛时,才派人去找扁鹊,但扁鹊早已逃到秦国去了。桓公便不治而死。桓侯:指战国时蔡桓公。扁鹊:战国时名医。姓秦,名越人,渤海鄚县(今河北省任丘市)人。 ㉘ 一切:一时。 ㉙ 庶几(jī):表示希望之词。 ㉚ 浍(kuài):田间水沟。 ㉛ 尾闾:传说中海水所归之处。 ㉜ 交:近。赊:远。 ㉝“譬之”句:豫章树与枕(yóu)木相似,需要生长七年之后才能分辨它们。 ㉞ 悠悠:众多的样子。㉟ 五弦:古乐器名,此指音乐。 ㊱ 羡门:传说中的仙人。

翻译

世上有人说:神仙可以学到,可以通过努力而达到不死;有的人又说:最高的寿命一百二十岁,古今都一样,超过一百二十岁,没有不是妖妄的。这两种看法都不合实情,请让我大致论述一下。

虽然没有亲眼看见过神仙,但书籍上所记载的,前代史书中所记述的,大约地议论这件事,有神仙是一定的了。似乎是独特接受了非凡的气,秉受于自然,并非不间断的学习所能达到的。至于导引调养得法,因而享尽天年,多的达千余岁,少的大约数百年,是可能有的了。但世人都不精通此道,所以没有谁能获得这样的高寿。凭什么这么说呢?吃药是为了出汗,但有的人却不出汗;而羞愧之情一来,则汗水淋漓。一个早晨没有进餐,就肚子空空想着吃饭;但曾子心里怀着悲哀,七天不喝不吃也不觉得饥饿。半夜时分坐着,就昏昏沉沉想睡觉;心里怀着深深的忧伤,却通宵达旦睡不着。用坚硬的刷子梳理鬓发,喝醇厚的美酒使脸发红,才仅仅能使脸发红;但壮士发怒,就赫然改观,颜色很不一样,头发直竖连帽子都顶了起来。由此而言,精神对于形体,如同国家有君王一样。精神在体内躁动不安,外面的形体就失去了常态,就像国君昏庸在上,国家混乱在下。在商汤大旱之年种庄稼,仅仅只有灌溉过一次的劳动,虽然终究要归于干枯腐烂,但浇灌了一次的庄稼一定会晚干枯一些。这样的话,那么浇灌一次的效果确实是不可抹煞的。但世人常说:一次发怒不足以伤害性命,一次哀伤不足以损害身体,轻视此事而放纵情感,这就像不知道灌溉一次的效果,却盼望旱苗能长出好稻谷来一样。所以君子知道形体依赖于精神而树立,精神必须依赖形体而存在,领悟到养生的道理容易被忽视,知道一次过错会伤害生命,因而修养性情来保养精神，平衡心理来保全身体。爱憎不栖宿在性情里，忧喜不存留在心意中，淡泊无所感动，因而身体血气平和；又呼浊吸清，吐故纳新，服食丹药，调养身体，使形体精神互相亲近，外表内里一起受益。地里种庄稼，一亩能收获十斛粮食，称为良田，这是天下一般的说法，他们不知用区种的方法可以收获一百余斛。播下的种子是一样的，至于种植、培育的方法不同，效益收获却相差悬殊。说商人没有十倍的利润，农夫没有百斛的希望，这是墨守常规而不知道变化的人。况且吃大豆使人增加体重，吃榆荚使人贪睡不醒，吃合欢使人消除忿怒，吃萱草使人忘记忧愁，这是蠢人和聪明人都知道的。葱、蒜之类会伤害眼睛，小猪和鱼吃了不补养人，这是世人共有的知识。虱子停留在头上就会逐渐变黑，麝常食柏叶便产生了香气，人久处于险阻之地颈脖上就会生瘤子，久住在晋地的人牙齿就会变黄。由此可以推论：凡是所吃东西的气味，熏染人的身体性情，无不一一应验。哪里只是吃大豆使身体变重而不变轻，吃葱、蒜使眼睛变瞎而不变明亮，熏染牙齿使它变黄而不变硬，食柏叶使麝获得香气而不能延年益寿呢！所以《神农本草》说“上等的药保养生命，中等的药调养人的性情”，确实是知道性命的道理，由于辅助、保养而得以通达的。

但是世人却看不清楚，只看见五谷，只沉迷于声色，眼睛被艳丽的色彩所迷惑，耳朵拼命听淫荡的音乐，美味煎熬他们的五脏六腑，美酒烹煮他们的肠胃，芳香腐蚀他们的骨髓，喜怒扰乱他们的正气，思虑消损他们的精神，哀乐危害他们平和纯粹的心灵。

这小小的身躯，攻击危害它的又不只一个途径；这容易衰竭的身体内外受敌，身体不是树木、石头，这样能够长久吗？那些放纵过分的人，饮食不加节制而生出百病，好色不倦而招致身体耗竭，风寒所害，百毒所伤，中途夭折于各种灾难，世人都知道讥笑哀怜，认为他们不善于保养生命。至于调养身体不合养生之道，衰亡从细微之处开始，细微之处积累起来就造成损伤，损伤积累起来变为衰弱，从衰弱到白发，从白发到衰老，从衰老到命终，浑浑噩噩不知道是怎么一回事。中等智力以下的人，认为这是自然而然的事。即使稍微有些醒悟，也都是到了得病之初才来叹息遗恨，而不知在各种危险因素萌发之前便慎重预防。这就像蔡桓公不知自己身患致命的疾病，反而对扁鹊的预见表示愤怒一样，是把感觉到疼痛的日子，当作生病的开始。危害形成于细微之时，却在显著之时才来救治，所以有毫无功效的治疗。只是纵观常人的情况，因此只能享有一时短暂的寿数，上下左右地观察起来，没有不是这样的。用多数人都是这样来证明自己合乎自然，用与他人一样来自我宽慰，认为自然界的道理，都不过如此罢了。即使听到了养生的事情，也以自己的成见加以判断，认为它不对。其次是犹豫不定，虽然稍有志于养生，却不知道从何做起。再次是自己努力服药，一年半载，费了力却没有效验，意志便因厌倦而衰退，半途而废。有的人用沟渠来增加水，却用尾闾来排泄水，想坐等显著的效果。有的人压抑感情，克制欲望，舍弃富贵的愿望，但嗜好常在耳目之前，所希望的效应在数十年之后，又担忧两头失掉，内心怀着犹豫。内心在斗争，外物在诱惑，远近都来加害，这样又有陷于失败的。至于无与伦比的事物是细微玄妙的，可以凭道理探知，难以用眼睛识辨。譬如说豫章树，生长七年之后才可以分辨。现在用浮躁之心，走清静无为的养生之路，心意急切但行动迟缓，希望立竿见影但效应却很遥远，所以没有谁能坚持到底。众人既因没有见到效果而不去追求，而追求的人又因为不坚持而中断了此事，片面追求的人因不能协调而无效，追求方术的人又因为小技而自我沉溺，大体都是像这类人。所以想延年益寿者，万人之中没有一人能够成功。

善于养生的人就不是这样了。他们清静虚无，私心少，欲望少。知道名位有伤德行，因此忽视而不去追求，不是想去要而强行禁止；明白美味伤害天性，所以弃而不顾，不是贪食而后加以抑制。外界事物因起牵累作用而不把它放在心中，精神因无所污染而偏能卓荦不凡，心情开朗没有忧患，神情寂静没有思虑。又坚守自然无为的大道，用中和之理进行调治，中和之理日见成功，终于与自然为一。然后用灵芝熏染，用甘泉滋润，用朝阳曝晒，用音乐调和，无为自适，身体和精神都达到了玄妙的境界，忘记了欢悦而后才有快乐的满足，遗忘了生命而后才有肉体的长寿。像这样下去，差不多可与仙人羡门齐寿，与王子乔比较年龄大小，怎么能说这是没有的呢？

答难养生论

嵇康《养生论》发表后，向秀曾和他反复辩难。嵇康因此撰写了此文，对向秀的《难养生论》进行反驳。向秀（约 227—272），三国魏河内怀县（今河南省武陟县西南）人，字子期。竹林七贤之一，官至黄门侍郎，散骑常侍。他好老庄之学，曾注《庄子》，早佚。嵇康和向秀是好友，但在学术问题上却各不相让，展开针锋相对的激烈辩难。这种良好的学风，推动了魏晋时期学术的飞速发展。

嵇康针对向秀的凡人有生就有情，满足欲望是合乎自然的观点，进一步阐述和发挥了他的养生理论。他在肯定人有嗜欲的前提下，主张节欲，“欲盛则身枯”，认为如果一味纵欲，不加节制，则会伤生害性，乃至于“动之死地”。因而主张对富贵、名位、酒色诸事物，都必须加以节制，使之适可而止，这样才能避免祸害。他指出养生有五难：名利不灭，喜怒不除，声色不去，滋味不绝，神虑消散。只要排除了这五难，就能够“不祈喜而有福，不求寿而自延”。

文章逐条反驳向秀所难，抽丝剥茧，句句入扣，反复阐发本来的主题，使立论更加坚固。文中对世态人情，时时给予辛辣无情的嘲讽，这也表露了他那愤世嫉俗的傲兀气质。

答曰：所以贵智而尚动者，以其能益生而厚身也。然欲动则悔吝生，智行则前识立，前识立则心开而物遂，悔吝生则患积而身危。二者不藏之于内而接于外，只足以灾身，非所以厚生也。夫嗜欲虽出于人，而非道德之正，犹木之有蝎[①]，虽木之所生，而非木之所宜也。故蝎盛则木朽，欲盛则身枯。然则欲与生不并久，名与身不俱存，略可知矣。而世未之悟，以顺欲为得生，虽有厚生之情，而不识生生之理[②]，故动之死地也。是以古之人知酒色为甘鸩[③]，弃之如遗；识名位为香饵，逝而不顾。使动足资生，不滥于物；知止其身[④]，不营于外。背其所凶，守其所吉，此所以用智遂生之道也。故智之为美[⑤]，美其养生而不羡；生之为贵，贵其乐和而不交。岂可疾智而轻身[⑥]，勤欲而贱生哉？

且圣人宝位[⑦]，以富贵为崇高者[⑧]，盖谓人君贵为天子，富有天下也。民不可无主而存，主不能无尊而立，故为天下而尊君位，不为一人而重富贵也。又曰“富与贵是人之所欲”者[⑨]，盖为季世恶贫贱而好富贵也，未能外荣华而安贫贱。且抑使由其道，犹不争不可令，故许其心竞；中庸不可得，故与其狂狷[10]。此俗谈耳，不言至人当贪富贵也。至人不得已而临天下，以万物为心，在宥群生[11]，由身以道，与天下同于自得，穆然以无事为业，坦尔以天下为公。虽居君位，飨万国，恬若素士接宾客也；虽建龙旂[12]，服华衮[13]，忽若布衣在身也。故君臣相忘于上，蒸民家足于下[14]。岂劝百姓之尊己，割天下以自私，以富贵为崇高，心欲之而不已哉！且子文三显，色不加悦[15]；柳惠三黜，容不加戚[16]，何者？令尹之尊不若德义之贵，三黜之贱不伤冲粹之美。二人尝得富贵于其身，终不以人爵婴心也，故视荣辱如一。由此言之，岂云欲富贵人之情哉[17]？

请问锦衣绣裳不陈于暗室者何？必顾众而动，以毁誉为欢戚也夫！然则欲之患其得，得之惧其失。苟患失之，无所不至矣[18]。在上何得不骄，持满何得不溢，求之何得不苟，得之何得不失邪？且君子出其言善，则千里之外应之[19]，岂在于多欲以贵得哉？奉法循理，不绁世网[20]，以无罪自尊，以不任为逸，游心乎道义，偃息乎卑室，恬愉无遌[21]，而神气条达，岂须荣华然后乃贵哉？耕而为食，蚕而为衣，衣食周身则余天下之财，犹渴者饮河，快然以足，不羡洪流，岂待积敛然后乃富哉？君子之用心若此，盖将以名位为赘瘤、资财为尘垢也，安用富贵乎？故世之难得者，非财也，非荣也，患意之不足耳！意足者，虽耦耕甽亩[22]，被褐啜菽[23]，莫不自得；不足者，虽养以天下，委以万物，犹未惬然。则足者不须外，不足者无外之不须也。无不须，故无往而不乏；无所须，故无适而不足。不以荣华肆志，不以隐约趋俗，混乎与万物并行，不可宠辱，此真有富贵也。故遗贵欲贵者[24]，贱及之；忘富欲富者，贫得之，理之然也。今居荣华而忧，虽与荣华偕老，亦所以终身长愁耳。故老子曰：乐莫大于无忧，富莫大于知足[25]，此之谓也。

难曰："感而思室，饥而求食，自然之理也。"诚哉是言！今不使不室不食，但欲令室食得理耳。夫不虑而欲，性之动也；识而后感，智之用也。性动者遇物而当，足则无余；智用者从感而求，倦而不已。故世之所患，祸之所由，常在于智用，不在于性动。今使瞽者遇室[26]，则西施与嫫母同情[27]；愦者忘味[28]，则糟糠与精粺等甘[29]，岂识贤愚好丑，以爱憎乱心哉？君子识智以无恒伤生，欲以逐物害性，故智用则收之以恬，性动则纠之以和，使智止于恬，性足于和。然后神以默醇，体以和成，去累除害，与彼更生，所谓不见可欲，使心不乱者也。纵令滋味常染于口，声色已开于心，则可以至理遣之，多算胜之。何以言之也？夫欲官不识君位，思室不拟亲戚，何者？知其所不得，则未当生心也。故嗜酒者自抑于鸩醴，贪食者忍饥于漏脯[30]，知吉凶之理，故背之不惑，弃之不疑也，岂恨不得酣饮与大嚼哉？且逆旅之妾，恶者以自恶为贵，美者以自美得贱[31]，美恶之形在目而贵贱不同，是非之情先著，故美恶不得移也。苟云理足于内，乘一以御外，何物之能默哉[32]？由此言之，性气自和，则无所困于防闲[33]；情志自平，则无郁而不通。世之多累，由见之不明也。又常人之情：远，虽大莫不忽之；近，虽小莫不存之。夫何故哉？诚以交赊相夺，识见异情也。三年丧，不内御[34]，礼之禁也，莫有犯者。酒色乃身之仇也，莫能弃之。由此言之：礼禁交，虽小不犯；身仇赊，虽大不弃。

然使左手据天下之图，右手旋害其身，虽愚夫不为[35]，明天下之轻于其身。酒色之轻于天下，又可知矣。而世人以身殉之，毙而不悔，此以所重而要所轻，岂非背赊而趣交邪？智者则不然矣，审轻重然后动，量得失以居身。交赊之理同，故备远如近，慎微如著；独行众妙之门，故终始无虞。此与夫耽欲而快意者，何殊间哉！

难曰："圣人穷理尽性，宜享遐期，而尧、孔上获百年，下者七十，岂复疏于导养乎？"案论尧、孔虽禀命有限，故导养以尽其寿，此则穷理之致，不为不养生得百年也。且仲尼穷理尽性，以至七十，田父以六弊蠢愚[36]，有百二十者，若以仲尼之至妙，资田父之至拙，则千岁之论奚所怪哉！且凡圣人有损己为世，表行显功，使天下慕之，三徙成都者[37]；或菲饮勤躬[38]，经营四方，心劳形困，趣步失节者；或奇谋潜遘，爰及干戈，威武杀伐，功利争夺者；或修行以明污，显智以惊愚，藉名高于一世，取准的于天下。又勤诲善诱，聚徒三千[39]，口倦谈议，身疲磬折[40]，形若救孺子[41]，视若营四海[42]，神驰于利害之端，心骛于荣辱之途，俯仰之间，已再抚宇宙之外者。若此比之于内视反听[43]，爱气啬精，明白四达而无执无为，遗世坐忘[44]以宝性全真，吾所不能同也。今不言松柏不殊于榆柳也，然松柏之生各以良殖遂性。若养松于灰壤[45]，则中年枯陨；树之于重崖，则荣茂日新，此亦毓形之一观也。窦公无所服御而致百八十[46]，岂非鼓琴和其心哉？此亦养神之一征也。火蚕十八日，寒蚕三十日余，以不得逾时之命，而将养有过倍之隆[47]；温肥者早终，凉瘦者迟竭，断可识矣。圉马养而不乘[48]，用皆六十岁[49]；体疲者速凋，形全者难弊，又可知矣。富贵多残，伐之者众也；野人多寿，伤之者寡也，亦可见矣。今能使目与瞽者同功，口与愦者等味，远害生之具，御益性之物，则始可与言养性命矣！

难曰："神农唱粒食之始[50]，鸟兽以之飞走，生民以之视息。"今不言五谷非神农所唱也。既言上药，又唱五谷者，以上药希寡，艰而难致；五谷易殖，农而可久[51]，所以济百姓而继夭阏[52]，故并而存之。唯贤者志其大，不肖者志其小耳，此同出一人。至当归止痛，用之不已；耒耜垦辟[53]，从之不辍，何至养命蔑而不议？此殆玩所先习，怪于未知。且平原则有枣栗之属，池沼则有菱芡之类[54]，虽非上药，犹胜于黍稷之笃恭也[55]。视息之具，岂唯五谷哉[56]？又云："黍稷惟馨，实降神祇[57]。"蘋蘩荇藻[58]，非丰肴之匹；潢污行潦[59]，非重酎之对[60]，荐之宗庙，感灵降祉[61]，是知神飨，德之与信，不以所养为生，犹九土述职[62]，各贡方物以效诚耳。又曰："肴粮入体，益不逾旬。"以明宜生之验，非所以困其体也[63]。今不言肴粮无充体之益，但谓延生非上药之偶耳。请借以为难。夫所知麦之善于菽，稻之胜于稷，由有效而识之。假无稻稷之域，必以菽麦为珍养，谓不可尚矣。然则世人不知上药良于稻稷，犹守菽麦之贤于蓬蒿，而必天下之无稻稷也。若能杖药以自拔，则稻稷之贱，居然可知。君子知其如此，故准性理之所宜，资妙物以养身，植玄根于初九[64]，吸朝霞以济神。今若以春酒为寿，则未闻高阳皆黄发之叟也[65]；若以充悦为贤，则未闻鼎食有百年之宾也。且冉生婴疾[66]，颜子短折[67]，穰岁多病[68]，饥年少疾，故狄食米而生癞，创得谷而血浮，马秣粟而足重，雁食粒而身留。从此言之，鸟兽不足报功于五谷，生民不足受德于田畴也，而人竭力以营之，杀身以争之。养亲献尊，则唯菊菰粱稻[69]，聘享嘉会，则唯肴馔旨酒，而不知皆淖溺筋液[70]，易糜速腐。初虽甘香，入身臭腐，竭辱精神，染污六府，又郁秽气蒸，自生灾蠹，饕淫所阶[71]，百疾所附。味之者口爽[72]，服之者短祚。岂若流泉甘醴，琼蕊玉英，金丹石菌[73]，紫芝黄精[74]，皆众灵含英，独发奇生，贞香难歇，和气充盈，澡雪五脏，疏彻开明，吮之者体轻。又练骸易气，染骨柔筋，涤垢泽秽，志凌青云。若此以往，何五谷之养哉？且"螟蛉有子，果蠃负之[75]"，性之变也。橘渡江为枳，易土而变[76]，形之异也。纳所食之气，还质易性，岂不然哉？故赤斧以练丹赪发[77]，涓子以术精久延[78]，偓佺以松实方目[79]，赤松以水玉乘烟[80]，务光以蒲韭长耳[81]，邛疏以石髓驻年[82]，方回以云母变化[83]，昌容以蓬蔂易颜[84]，若此之类，不可详载也。孰云五谷为最，而上药无益哉？

又责千岁以来，目未之见，谓无其人。即问谈者：见千岁人，何以别之？欲校之以形，则与人不异；欲验之以年，则朝菌无以知晦朔[85]，蜉蝣无以识灵龟[86]。然则千岁虽在市朝，固非小年之所辨矣。若彭祖七百[87]，安期千年[88]，则狭见者谓书籍妄记；刘根遐寝不食[89]，或谓偶能忍饥；仲都冬裸而体温，夏裘而身凉[90]，桓谭谓偶耐寒暑[91]；李少君识桓公玉碗[92]，则阮生谓之逢占而知[93]；尧以天下禅许由，而扬雄谓好大为之[94]。凡若此类，上以周、孔为关键[95]，毕志一诚；下以嗜欲为鞭策，欲罢不能。驰骤于世教之内，争巧于荣辱之间，以多同自减，思不出位，使奇事绝于所见，妙理断于常论，以言通变达微，未之闻也。久愠闲居，谓之无欢；深恨无肴，谓之自愁。以酒色为供养，谓长生为无聊。然则子之所以为欢者，必结驷连骑[96]，食方丈于前也[97]。夫俟此而后为足，谓之天理自然者，皆役身以物，丧志于欲。原性命之情，有累于所论也。夫渴者唯水之是见，酌者唯酒之是求，人皆知乎生于有疾也。今若以从欲为得性，则渴、酌者非病，淫湎者非过，桀、跖之徒皆得自然[98]，非本论所以明至理之意也。

夫至理诚微，善溺于世，然或可求诸身而后悟，校外物以知之。人从少至长，隆杀[99]，好恶有盛衰。或稚年所乐，壮而弃之；始之所薄，终而重之。当其所悦，谓不可夺；值其所丑，谓不可欢。然还成易地，则情变于初也。苟嗜愿有变，安知今之所耽，不为败腐，曩之所贱，不为奇美耶？假令厮养暴登卿尹，则监门之类，蔑而遗之。由此言之，凡所区区一域之情耳，岂必不易哉？又饥飱者[100]，于将获所欲，则说情注心；饱满之后，释然疏之[101]，或有厌恶。然则荣华酒色有可疏之时。蚺蛇珍于越土，中国遇而恶之[102]；黼黻贵于华夏[103]，裸国得而弃之[104]。当其无用，皆中国之蚺蛇，裸国之黼黻也。若以大和为至乐，则荣华不足顾也；以恬澹为至味，则酒色不足钦也；苟得意有地[105]，俗之所乐，皆粪土耳，何足恋哉？今谈者不睹至乐之情，甘减年残生，以从所愿，此则李斯背儒，以殉一朝之欲[106]；主父发愤，思调五鼎之味耳[107]。且鲍肆自玩，而贱兰茝[108]，犹海鸟对太牢而长愁[109]，文侯闻雅乐而塞耳[110]。故以荣华为生具，谓济万世不足以喜耳[111]。此皆无主于内，借外物以乐之。外物虽丰，哀亦备矣。有主于中，以内乐外，虽无钟鼓，乐已具矣！故得志者，非轩冕也；有至乐者，非充屈也[112]，得失无以累之耳。且父母有疾，在困而瘳[113]，则忧喜并用矣。由此言之，不若无喜可知也。然则无乐岂非至乐邪？故被天和以自然[114]，以道德为师友[115]，玩阴阳之变化，乐长生之永久，任自然以托身，并天地而不朽者，孰享之哉？

养生有五难：名利不灭，此一难也；喜怒不除，此二难也；声色不去，此三难也；滋味不绝，此四难也；神虑消散[116]，此五难也。五者必存，虽心希难老，口诵至言，咀嚼英华，呼吸太阳，不能不回其操，不夭其年也。五者无于胸中，则信顺日济，玄德日全[117]，不祈喜而有福，不求寿而自延，此养生大理之都所也[118]。然或有行逾曾闵[119]，服膺仁义，动由中和[120]，无甚大之累，便谓人理已毕，以此自臧[121]，而不荡喜怒，平神气，而欲却老延年哉，未之闻也。或抗志希古，不荣名位，因自高于驰骛。或运智御世，不婴祸，故以此自贵；此于用身，甫与乡党儿齿者同耳[122]，以言存生，盖阙如也。或弃世不群，志气和粹，不绝谷茹芝，无益于短期矣。或琼糇既储[123]，六气并御[124]，而能含光内观，凝神复璞，栖心于玄冥之崖[125]，含气于莫大之涘者[126]，则有老可却，有年可延也。凡此数者，合而为用，不可相无，犹辕轴轮辖，不可一乏于舆也。然人若偏见，各备所患，单豹以营内忘外[127]，张毅以趣外失中[128]，齐以诚济西取败[129]，秦以备戎狄自穷[130]，此皆不兼之祸也。积善履信，世屡闻之；慎言语，节饮食，学者识之：过此以往，莫之或知。请以先觉语将来之觉者[131]。

---

① 蝎(hé)：木中蛀虫。 ② 生生：用《易·系辞上》“生生之谓易”语意，是说使生命得到生存发展就是“易”的道理。 ③ 鸩(zhèn)：一种毒鸟，用它的羽毛泡的酒能毒死人，故又引申为毒酒。 ④ 止：原作“正”，此据戴明扬校改。 ⑤ 为：原作“所”，此据戴明扬校改。 ⑥ 疾：急切地从事。 ⑦ “且圣”句：《易·系辞下》说：“圣人之大宝曰位。” ⑧ “以富”句：《易·系辞上》说：“崇高莫大乎富贵。” ⑨ “又曰”句：《论语·里仁》载：“子曰：‘富与贵，是人之所欲也；不以其道得之，不处也。’” ⑩ “中庸”二句：《论语·子路》载：“子曰：‘不得中行(即中庸之道)而与之，必也狂狷(juàn)乎！狂者进取，狷者有所不为也。’”中庸：儒家的最高道德标准。不偏为中，不变为庸。 ⑪ 在宥：任物自在，宽容无为。《庄子·在宥》：“闻在宥天下，不闻治天下也。”此用其义。 ⑫ 旂(qí)：古代一种画有二龙相依图案的旗子。 ⑬ 衮(gǔn)：古代君主的礼服，通称龙袍。 ⑭ 蒸民：百姓。蒸，众多。 ⑮ “且子”二句：见《与山巨源绝交书》注。 ⑯ “柳惠”二句：见《幽愤诗》注。 ⑰ 人：原脱，据戴明扬校补。 ⑱ “然则”四句：语本《论语·阳货》。 ⑲ “且君”二句：语出《易·系辞上》。

⑳ 絓(guà)：绊住。 ㉑ 遌(è)：抵触。 ㉒ 甽：同“甽(quǎn)”，田地。 ㉓ 啜(chuò)：食，吃。 ㉔“故遗贵”四句：《后汉书·高彪传》载《箴》曰：“忘富遗贵，福禄乃存。”是说富贵者不以富贵自居，好像遗忘了富贵，则可以保存福禄。此用其语。 ㉕“乐莫”二句：语本《老子·四十六章》：“祸莫大于不知足，咎莫大于欲得。故知足之足，常足矣。”此引述其意。 ㉖ 瞽(gǔ)：眼瞎。 ㉗ 西施：春秋时越国美女。嫫(mó)母：古代传说中黄帝时的丑妇。 ㉘ 愦(kuì)：心乱。原误作“聩”，据戴明扬校改，下“聩”字也据此改。 ㉙ 粺(bài)：精米。 ㉚ 漏脯(fǔ)：隔宿并为屋漏水所沾染的肉，古人以为有毒，吃了会致人死命。 ㉛“且逆”三句：《庄子·山木》载，阳子来到宋国，住在旅馆里。旅馆的主人有一妻一妾，一个美丽，一个丑陋，丑陋的受到尊宠，美丽的被冷落。阳子问这是什么原故，旅舍的主人回答说：“那美丽的自以为美丽，但是我并不觉得她美丽；那丑陋的自以为丑陋，但是我并不觉得她丑陋。” ㉜“何物”句：向秀《难养生论》说：“有动以接物，有智以自辅……若闭而默之，则与无智同。”是说情欲和智慧都封闭沉默起来，其实等于没有智慧。所以这里回答说，以“理足于内”来接待外物，不会觉得外物有无，因而也就不会发生外物对于情欲、智慧的外加沉默作用。能默：能使物默。 ㉝ 闲：防制。 ㉞ 内御：即御内，指与妻子同房。 ㉟“然使”三句：语本《淮南子·精神》。 ㊱ 六弊：本指因不好学而造成的六种弊端。《论语·阳货》说：“好仁不好学，其蔽也愚；好知不好学，其蔽也荡；好信不好学，其蔽也贼；好直不好学，其蔽也绞；好勇不好学，其蔽也乱；好刚不好学，其蔽也狂。”此谓不学无识。 ㊲ 三徙成都：相传虞舜三次迁移，百姓慕德而从，所至之处自成都邑（见《庄子·徐

无鬼》)。 ㊳ 菲(fěi)饮:饮食节俭。菲,微薄。 ㊴“聚徒”句:《淮南子·泰族》说:“孔子弟子七十,养徒三千人。” ㊵ 磬折:谓弯腰作揖,身体曲折像磬的形状。《新书·容经》说:“子路见孔子之背磬折。” ㊶“形若”句:《庄子·天道》载,老聃对孔子说:“先生依德而行,顺道去做,就是最好的了,又何必急于标举仁义,好像敲锣打鼓去寻找失迷的孩子?” ㊷“视若”句:《庄子·外物》载,老莱子的弟子出去打柴,遇见孔子,回来问道:有个人上身长下身短,驼背而且耳朵后贴,“视若营四海”,那是谁呀? 老莱子说:那是孔丘。 ㊸ 内视反听:《春秋繁露·同类相动》说,“聪明圣神,内视反听”,此用其语,实指另一类聪明人。 ㊹ 坐忘:忘记自身的存在,典出《庄子·大宗师》,已见前《卜疑》注。 ㊺ 灰壤:地表下很深处的一种土壤。 ㊻“窦公”句:桓谭《新论》载:“余为典乐大夫,见乐家书记,言文帝时得魏文侯乐人窦公,百八十岁,两目皆盲。文帝奇之,问何服食而至此。对曰:‘年十三失明,父母……教使鼓琴,日讲习以为常事,臣不能导引,无服饵也。’” ㊼ 将(jiāng):养。 ㊽ 圉(yǔ):养马的地方,引申为养马。 ㊾ 用:因此。 ㊿ 神农:传说中古帝王名,相传他发明农业和医药。唱:发起,倡导;后作“倡”。 (51) 农:勉力,努力从事。 (52) 夭阏:这里指人寿的夭折。 (53) 耒耜(lěi sì):古代一种像犁的农具,也泛指农具。 (54) 芡(qiàn):又叫鸡头,一种水草,果实叫芡实,供食用,可入药。 (55) 胜:原缺,此据《八代文钞》本补。 (56)“岂唯”句:“唯”下原有“立”字,当为衍文,此据鲁迅校删。 (57) 实:语气词。祇(qí):地神。 (58) 蘋蘩荇藻(pín fán xìng zǎo):四种水草。 (59) 潢(huáng)污:停蓄不流的水。潢:积水池。行潦(lǎo):沟中积水。 (60) 酎(zhòu):经过三次酿造的醇酒。

⑹ 祉(zhǐ):福。 ⑹ 九土:指九州,古称冀、豫、雍、扬、兖(yǎn)、徐、梁、青、荆。 ⑹ 非:原误作“此”,据戴明扬校改。 ⑹ 玄根:指道家所称的道的根本。初九:《周易》每卦六爻,最下面的第一爻是阳爻的,称为“初九”,表明事物正处于发展变化的初级阶段。 ⑹ 高阳:指酒徒。本为地名(今河南省杞县),郦食其(yì jī)求见汉高祖刘邦时,曾自称为“高阳酒徒”(见《史记·郦生列传》褚少孙补)。后便以“高阳酒徒”或“高阳”作为酒徒的代称。 ⑹ “且冉”句:《论语·雍也》载:“伯牛生了病,孔子去探望他,从窗户里握着他的手说:‘难得活了,这是命呀!这样的人竟会有这样的病!’”冉生:即冉耕,字伯牛,孔子学生。 ⑹ “颜子”句:《论语·雍也》载,孔子说:“有颜回者好学,不迁怒,不贰过,不幸短命死矣。”颜子即颜回。 ⑹ 穰(ráng):五谷丰收。 ⑹ 苽(gū):嫩茎叫茭白,果实叫菰米。⑺ 淖(nào)溺:消融,融化。淖,淹没。 ⑺ 饕(tāo):贪婪。 ⑺ 口爽:用《老子》“五味令人口爽”语,意思是嘴被伤害。 ⑺ 金丹:古代方士用金石炼成的药,认为服食之后能使人长生不老。石菌:传说中的仙草。 ⑺ 紫芝:木耳的一种,可入药。古人认为长久服用能使身体变轻,延年不老。 ⑺ “螟蛉”二句:语出《诗经·小雅·小宛》。古人认为果蠃(luǒ)不产子,窃取螟蛉之子喂养。经果蠃养育,即化作果蠃模样。其实果蠃是一种寄生蜂,它捕捉螟蛉是为了产卵在螟蛉体内,卵孵化后就拿螟蛉作食物。螟蛉:螟蛉蛾的幼虫。⑺ “橘渡”二句:晏婴说:“橘树生长在淮南便为橘树,生在淮北便为枳(zhǐ)树,叶子相似,果实味道不同。为什么会这样呢?因为水土不同。”(见《晏子春秋·内篇·杂下》) ⑺ “故赤”句:《列仙传》载:“赤斧者,巴戎人也……能作水澒(同“汞”)炼丹,与硝石服之,三十年,

反如童子，毛发生皆赤……累世传见之，手掌中有赤斧焉。”赪(chēng)：红。 ⑱ 术精：见《与山巨源绝交书》注。 ⑲“偓佺(wò quán)”句：《列仙传》载：“偓佺者，槐山采药父也。好食松实，形体生毛长数寸，两目更方，能飞行，逐走马。” ⑳“赤松”句：《列仙传》载：“赤松子者，神农时雨师也。服水玉(水晶)以教神农，能入火自烧。” ㉑“务光”句：《列仙传》载：“务光者，夏时人也。耳长七寸，好琴，食蒲韭根。……后四百余岁，至武丁时复见。”蒲韭：草名，可食。 ㉒“邛(qióng)疏”句：《列仙传》载：“邛疏者，周封史也。能行气炼形，煮石髓而服之，谓之石钟乳，至数百年。” ㉓“方回”句：《列仙传》载：“方回者，尧时隐人也……练食云母，亦与民人有病者，隐于五柞山中。夏启末，为宦士，为人所劫，闭之室中，从求道，回化而得去。” ㉔“昌容”句：《列仙传》载：“昌容者，常山道人也，自称殷王子。食蓬虆(léi)根，往来上下，见之者二百余年，而颜色如二十许人。” ㉕“则朝”句：语出《庄子·逍遥游》。朝菌：菌类植物朝生暮死，故称朝菌。晦朔：从农历月末的一天到下月的第一天。 ㉖“蜉蝣”句：《淮南子·诠言》说：“龟三千岁，蜉蝣不过三日，以蜉蝣而为龟忧养生之具，人必笑之。” ㉗ 彭祖：传说为颛顼(zhuān xū)之后，姓篯(jiān)名铿(kēng)，尧时封于彭城，故称彭祖。历夏商至殷末，活七百余岁(古籍中多称彭祖寿八百)。 ㉘ 安期：仙人名，相传活了千岁。 ㉙ 刘根：仙人名。《博物志》引《典论》说，刘根不觉饥渴，或谓能忍盈虚。 ㉚“仲都”二句：汉元帝时，王仲都到宫中应诏献技。寒冬之日，仲都在上林苑昆明池上，环绕池冰驾车奔驰，身不穿衣，神色不变。大暑天坐在太阳底下，身边围着十个火炉，他不觉得热(见桓谭《新论》)。 ㉛ 桓谭(约前23—50)：东汉沛国相县(今安徽省濉〔suī〕溪县西北)人。字君山,官至议郎。著《新论》二十九篇。⑨²“李少”句:汉武帝“有故铜器,问少君。少君曰:‘此器齐桓公十年陈于柏寝。’已而案其刻,果齐桓公器。一宫尽骇,以为少君神,数百岁人也”(见《史记·封禅书》)。 ⑨³ 阮生:指阮种,三国陈留尉氏人,字德猷。逢占:预先猜测占卜的事。 ⑨⁴“尧以”二句:《法言·问明》说:“或问:‘尧将让天下于许由,由耻,有诸?’曰:‘好大者为之也,顾由无求于世而已矣。’”扬雄(前 53—18):字子云,蜀郡成都人。西汉文学家、思想家。著《法言》《太玄》。 ⑨⁵ 关键:事物的机要。⑨⁶ 结驷连骑:车马连接不断,形容喧闹显赫。 ⑨⁷ 方丈:一丈见方,形容菜肴极为丰盛。 ⑨⁸ 桀(jié):夏朝末代君主,相传是个暴君。跖(zhí):春秋末期人。旧时认为他是大盗,故常称为盗跖。近人有的认为他是当时农民起义的领袖。 ⑨⁹ 隆:丰厚。杀:减少,降低。按上下文意,此当指待遇。“隆”原误作“降”,此从张燮本改。戴明扬认为“隆杀”前尚脱三字,甚是。 ⑩⁰ 飧:同“餐”。 ⑩¹ 释然:丢开的样子。 ⑩² “蚺(rán)蛇”二句:《淮南子·精神》说:“越人得蚺蛇以为上肴,中国得而弃之无用。” ⑩³ 黼黻(fǔ fú):古代礼服上绣的花纹,此指有文采的衣服。 ⑩⁴ 裸国:传说中的古代西方国名,其人不穿衣服。 ⑩⁵ 地:谛,真义。 ⑩⁶ “此则”二句:李斯跟随儒家大师荀卿学习帝王之术,学成之时,向荀卿告辞说:“没什么比卑贱更耻辱的了,没有什么比贫困更悲哀的了。我将到西方去游说秦王。”(见《史记·李斯列传》)李斯(? —前 208):战国末楚国上蔡(今河南省上蔡县西南)人。后入秦,秦始皇统一六国后,他任丞相。⑩⁷“主父”二句:主父偃曾说:我童年时就开始游学,四十余年没有如愿,父母不把我当作儿子,兄弟不收留我,宾客嫌弃我。“且丈夫生不五鼎食,死即五鼎烹耳。”(见《史记·主父偃列传》)主父偃(?—前126):西汉临淄(今山东省淄博市东北)人。武帝时,官至中大夫。 ⑩⑧“且鲍”二句:《孔子家语·六本》载:“子曰:‘与善人居,如入芝兰之室,久而不闻其香,即与之化矣。与不善人居,如入鲍鱼之肆。久而不闻其臭,亦与之化矣。’”茝(chǎi):一种香草。 ⑩⑨“犹海”句:《庄子·至乐》载,从前有只鸟飞落在鲁国郊外,鲁侯把它迎进太庙,送酒给它喝,奏《九韶》给它听,宰牛羊给它吃。海鸟目眩心悲,不敢吃一块肉,不敢喝一杯酒,三天就死了。这是用养人的方法来养鸟,不是用养鸟的方法来养鸟。太牢:祭祀或宴会时牛、羊、猪三牲齐全。 ⑪⓪“文侯”句:魏文侯曾对子夏说:“吾端冕而听古乐,则唯恐卧,听郑卫之音,则不知倦。”(《礼记·乐记》)文侯:指魏文侯(?—前396)。战国时魏国的建立者,名斯。曾用李悝(kuī)为相,吴起为将,进行改革,使魏成为当时的强国。 ⑪⑪“谓济”句:司马相如《大人赋》说:“吾乃今目睹西王母,暠然白首,戴胜(古代妇女的一种首饰)而穴处兮……必长生若此而不死兮,虽济万世不足以喜。”此用其事。 ⑪⑫ 充屈:同“充诎”,欢喜忘形的样子。 ⑪⑬ 瘳(chōu):病愈。 ⑪⑭ 天和:天地的祥和之气。 ⑪⑮ 道德:这是道家学派的一对重要范畴。道,即大道,指天地万物运动变化必须遵循的普遍规律或为万物的本源。德,指具体事物从“道”所得的特殊规律或特殊性质。 ⑪⑯ 虑消:原作“虚精”,此据戴明扬校改。 ⑪⑰ 玄德:指自然无为的德性。《老子·十章》说:“生之,畜之,生而不有,为而不恃,长而不宰,是谓玄德。” ⑪⑱ 都所:聚集之处。 ⑪⑲ 曾闵:指曾参和闵子骞。曾参(前505—前439):春秋末鲁国南武城(今山东费县)人,字子舆。孔子学生,以孝著称。闵子骞:春秋末鲁国人,名损,字子骞。孔子学生，也很有孝行。 ⑫⓪ 中和：中庸之道的主要内涵。《礼记·中庸》说："喜怒哀乐之未发谓之中，发而皆中节谓之和。" ⑫① 臧：好，善。 ⑫② 甫：才。儿齿：老人齿落后的再生齿，指高寿。儿，原误作"不"，此据戴明扬校改。 ⑫③ 琼糇(hóu)：精美的干粮，此指仙人服食的丹药之类。 ⑫④ 六气：自然气候的六种现象，指阴、阳、晦、明、风、雨。《庄子·逍遥游》说："若夫乘天地之正，而御六气之辩(变化)，以游无穷者，彼且恶乎待哉！" ⑫⑤ 玄冥：深远幽寂，又用来指"道"。 ⑫⑥ 莫大：最大，此指天地。涘(sì)：水边，边际。⑫⑦ "单(shàn)豹"句：《庄子·达生》载："鲁有单豹者，岩居而水饮，不与民共利，行年七十，而犹有婴儿之色；不幸遇饿虎，饿虎杀而食之。……豹养其内，而虎食其外。" ⑫⑧ "张毅"句：《庄子·达生》载："有张毅者，高门县(同"悬")薄(指大家小户)，无不趋(恭敬)也，行年四十，而有内热之病以死。……毅养其外而病攻其内。" ⑫⑨ "齐以"句：谓齐国因为只顾在济水西面戒备赵国，而终于被燕国、秦国打败。《战国策·燕策一》载："苏代曰：'济西不役，所以备赵也。'"齐湣王四十年(前 284 年)，燕、秦、楚、三晋合谋伐齐，在济西打败齐国。燕将乐毅攻破临淄，尽取珍宝器藏。齐湣王出逃被杀(见《史记·田敬仲完世家》)。 ⑬⓪ "秦以"句：秦始皇三十二年(前 215 年)，燕人卢生从海外回来，献图书，上说"亡秦者胡也"，始皇便发兵三十万进攻胡人，三十三年又驱赶匈奴，三十四年修筑长城，使得国力大衰，民不聊生，始终使自己陷入困境。 ⑬① 语(yù)：告诉。

翻译

答(向秀)说:看重智慧而崇尚行动的原因,是由它能有益于生命而有利于身体。然而欲念一动就会产生悔恨,才智一用就会产生预见,有了预见也就思虑繁多而易受外物引诱,悔恨一产生就使祸患不断积累而危及生命。智慧和欲望不藏在心里,而是与外物接触,这只能给身体带来灾祸,不是有利于养生的东西。嗜好欲望虽然是出于人的天性,但不是道德的规范要求,就像树木有蛀虫,虽然蛀虫是树木生出来的,但不是树木所适宜的。所以,蛀虫多树木就会腐烂,欲望旺盛身体就会枯竭。那么欲望和生命不能长期并存,名位和身体不能同时保有,一般来说是可以懂得的了。但是世人没有领悟这个道理,而认为顺从欲望是获得生命,他们虽然有厚养身体的愿望,却不知道生命生存发展的道理,所以有所活动就会走向死亡之地。因此古人知道酒色是甜美的毒酒,抛弃它就像扔掉废物一般,认识到名位是香饵,不屑一顾地离开它。让活动足以帮助生命,不滥施于物;让智慧只为调养自身,不过分营求外物。背弃有害于养生的东西,坚守有利于养生的东西,这就是运用智慧以求养生的道理。因此智慧之所以为美,美在它养生而不过分;生命之所以为贵,贵在乐意中和而不交易。难道可以倾心使用智慧而忽视身体,竭尽欲望而轻贱生命吗?

况且圣人看重名位、崇尚富贵的原因,大概是认为君主贵为天子，富有天下。人民不可没有君主而保存，君主不能没有尊贵而确立，所以圣人为了天下而尊崇君主名位，不是为某一个人而看重富贵。又说“财富与尊贵是人所希望的”，大概是因为衰乱之世厌恶贫贱而喜欢富贵，还不能排斥荣华富贵而安于贫贱生活。况且抑制人们，使他们遵循正道，仍然不能使他们不互相争斗，所以赞同他们以心智竞争；不能使人们符合中庸之道，所以让他们的行为激进偏颇。这是世俗的说法罢了，不是说最完美的人应当贪图富贵。圣人不得已而君临天下，以万物为自己的心意，使天下众生安然自在，从自己开始按照自然规律生活，与天地万物一起自由自在，闲静地以无事作为功业，坦然地以天下为公有。虽然身居君主之位，享受万国的供奉，却恬淡得像贫寒的士人接待宾客；虽然树立了天子的旗帜，穿着天子的华丽礼服，却像身上穿着老百姓的粗布衣一样漫不经心。所以君王臣僚在朝廷上忘记了各自的身份地位，百姓在下面家家富足。难道是鼓励百姓尊崇自己，宰割天下作为私有，把富贵视为崇高的东西而心中追求不舍吗？况且子文三次显达做了令尹，脸上也没有表露出比以前更多的快乐；柳下惠三次被罢官，面容也没有增加一点忧愁，为什么呢？因为令尹的尊崇比不上德义的可贵，三次黜免的遭际没有伤害淡泊纯净之美。这两个人曾经获得了富贵，但始终不用官爵来扰乱自己的心灵，所以把荣辱视为一样。由此而言，难道说希望富贵是人的心愿吗？

请问为什么鲜艳华丽的服装不陈列在暗室之中呢？是定要

照顾众人才行动，以他们的赞美、批评作为自己的欢乐和忧愁吧！既然如此，那么想要的东西就担忧能否得到它，得到的东西又害怕它丢失。如果担忧失去它，就会无所不用其极了。处在高位怎么会不骄傲？保守成业怎么会不自满？谋求东西怎么会不苟且行事？得到的东西怎么会不再失掉呢？况且君子说出的话如果善良，那么千里之外都会响应它，哪里在乎欲望很多而看重得失啊？奉行法度，遵循道理，不被世俗尘网羁绊住，以无罪为自我尊重，以不做官为安逸，心思往来贯注于道义方面，在简陋的屋子里安然歇息，恬静愉快而没有什么违碍，神气畅达，哪里需要荣耀之后才尊贵呢？耕种为食，养蚕作衣，衣食满足了身体的需要，那么天下的财富就是多余的了，犹如干渴的人在河里饮水，畅畅快快喝足了，也就不再羡慕滔滔大水，哪里要等待积蓄搜括之后才算得上富有呢？君子使用心智就像这样，把名位视为多余的肿瘤，把钱财看作尘土污垢，哪里需要富贵呢？所以世上难以得到的不是财物，不是荣耀，而是担心心愿不能满足罢了！心满意足的人虽在农田里耕种，穿着粗布衣服，吃着粗茶淡饭，没有谁不是自我满足的；心意不能满足的人即使用天下的财富供养他，把天下的万物交给他，仍然感到不称心如意。那么，满足的人不需要身外之物，不满足的人没有什么东西不需要的。无所不需，所以无处不感到缺乏；无所需求，所以无处不感到满足。不因为荣华富贵而放纵心志，不因为生活贫俭而趋附世俗，浑然一体和万物并行，宠辱不惊，这才是真正享有富贵了。所以应该遗忘已有的尊贵，却反而追求尊贵的人，卑贱接着就来了；应该遗忘已有的财富，却反而追求财富的人，贫穷也就来了；这在道理上是必然的。现在身在荣华富贵之中而忧心忡忡，虽然和荣华富贵一同到老，但也因此而终身长愁了。所以《老子》说：没有什么欢乐比没有忧愁更大的了，没有什么比知足更为富有的了，说的就是这个道理。

你驳难说："情欲冲动了就会想到妻子，肚子饥饿了就会寻找食物，这是自然的道理。"这话的确不错！现在不是让人不娶妻子、不吃东西，只是想使人在情欲、食物方面的行为合乎养生之理。不用思虑而有欲念，这是本性的冲动；理解之后有了感受，是运用智慧的结果。本性冲动的人对待事物，其行为恰到好处，满足了便没有多余的要求；运用智慧的人顺从心中的感受而去追求，倦怠了也不停止。所以世人所担忧的东西，祸害所产生的地方，常常在于智慧的使用上，而不在于本性的冲动。如果让盲人娶妻，那么他对西施和嫫母是同样的感情；心志不清的人不记得滋味，那么酒糟、糠皮和精米对他来说同样的甜美，他们哪里知道贤明愚蠢和美丽丑陋，用爱憎之情来迷惑心志呢？君子认识到智慧的多变而伤害生命，欲望因追求外物而损害本性，所以对智慧的运用就以恬静来节制，本性冲动就以平和来制约，使智慧停止在恬静的境界，天性满足于平和之中。然后，精神因沉默而淳厚，身体因平和而健全，去掉牵累，清除祸害，与自然一同更新再生，这是前人所说的不让看见足以引起欲望的事物，使人们的心思不被扰乱。即使美味经常沾染在口，声色已经打开心扉，那么可用至善的道理排遣它，用深谋远虑克服它。凭什么这么说呢？想做官的人不会去谋求君主之位，想成家的人不打亲人的主意，为什么呢？知道那些是不能得到的，那么就不应当产生那种心思。所以嗜好喝酒的人对毒酒能自我防止，贪吃的人面对发臭的干肉能忍住饥饿，是因为知道吉凶的道理，所以离开它毫不犹豫，抛弃它从不怀疑，难道会遗憾不能酣饮和大嚼一顿吗？再说到旅馆主人的两位妻妾，丑陋的自以为丑陋却反被主人尊宠，美丽的自以为美丽而反被主人冷落，美丽、丑陋的容貌摆在眼前而贵贱却不一致，是因为事先就有了是非的主见，所以美丽和丑陋不能改变他的看法。如果说内心道理充实，掌握大道来驾驭外物，又有什么外物能使他沉默呢？由此而言，天性气质自然和谐，那么就不会有什么需要防范而受困阻；性情志气自然平和，那么就没有什么郁闷而不能疏通。人世有很多牵累，是因为人们见识不明罢了。还有常人之情：远的，虽然很大，但人人忽略它；近的，虽然很小，但没有人不记住它。什么缘故呢？确实是因为远近相互争夺，人们的见识不一样。三年服丧期间，不和妻妾同房，因为这是礼法所禁止的，没有违犯的人。酒色是身体的仇敌，但没有人能抛弃它。由此说来，为礼法所禁止，虽然很小，却不会违反；损害身体的仇敌，虽然很大，却不抛弃。但是让他左手拥有天下的版图，右手立即伤害自己的身体，即使是愚蠢的人也不肯干，因为他们明白天下轻于自己的生命。酒色轻于天下，又是可以知道的了。但世人却葬身于酒色，死而不悔，这是用贵重的来换取轻微的，难道不是背远而向近吗？聪明的人则不会这样了，他们详察轻重然后行动，衡量得失而后决定如何处置。远和近的道理是同样的，所以他们防备远的也如同防备近的，慎重对待细微的事情，就如同对待显著的事情一样，独自掌握了一切微妙变化的关键，所以能始终无忧无虑。这和那种沉溺于欲望之中追求快乐的人相比，二者相差是多么远啊！

你驳难说："圣人完全掌握了养生之道，完全熟悉人的天性，理应享有高寿，但唐尧、孔子年高的只有百岁，少的才七十岁，难道又是忽略了导养之术吗？"考察一下唐尧、孔子纵然禀受自然的生命有限，所以导引服养，以便完全享有天然寿命，这是掌握了养生之道而后才达到的，不是不养生就获得了百年之寿。况且孔子掌握了养生之道，熟悉了人的天性，寿命达到了七十，农夫以不学无识的愚蠢，而有一百二十岁的寿命，如果用孔子的绝顶聪明来帮助农夫的绝顶拙笨，那么千岁的观点有什么可奇怪的呢？况且大凡圣人，有的为了世人而损害自己，表明品行，显示功绩，使天下的人都仰慕他，即使三次迁徙都形成都市；有的节衣缩食，勤恳辛劳，经营四方，以至于其心劳累而形体困乏，走步都不合节拍；有的暗地里定下神奇的谋略，于是挑起战事，威武攻杀，争夺功利；有的修养品行以表明世人的污浊，显示智慧而使愚蠢的人震惊，借取高出当世的名声，使天下之人视为准则。还有的人殷勤教诲，循循善诱，聚集三千弟子，谈论得口干舌燥，身子因为像磬一样弯曲作揖而十分疲劳，姿态像抢救孩子一般紧张急迫，目光像是治理天下的样子，精神在利害的矛盾焦点上追逐，心思在荣耀耻辱的道路上奔驰，抬头俯首的瞬间，心神已经多次往来于天地之外。如果把这些人和另一类人相比，后者耳聪目明，自我视察反省，爱惜元气，节省精力，明白畅达而无所执著、无所作为，抛弃人世的一切而达到物我两忘的境界，以便珍惜生命保全天性，这两类人我是不能等量齐观的。现在不是说松柏和榆树、柳树没有差异，但是松柏的生长要有良好的生长环境来顺从它的天性。如果在地下很深的土壤中种植，那么到了中年就会枯死；如果种植在高高的山崖上，那就会繁荣茂盛，这也是养育形体的一个例子。窦公没有服用什么而享有一百八十的高寿，难道不是弹琴而使他心神平和的缘故吗？这也是保养精神的一个证明。用火给蚕室加温，十八天蚕就老了，不加温，蚕却能存活三十多日，因为不能超过一定时限的寿命，而养育却会有超过一倍的差别，所以温暖肥胖的会早亡，冰凉瘦小的却晚死，这是断然可以识别的了。马圈里的马养而不用，因此都有六十岁的寿命；经常乘用而身体疲劳的迅速衰老，形体保养完全的难以毁伤，又是可以知道的了。富贵的人多夭折，是因为伤害他的太多；庄稼汉多长寿，是因为伤害他的很少，这也是可以看清的了。现在能使常人的眼睛与盲人的视觉功能一样，常人的口与心志不清的人具有同等的味觉，远离损害生命的事物，使用有益本性的东西，那么也就可以和他谈论保养性命的道理了！

你反驳说："神农开始倡导以谷米为食，鸟兽因而能飞翔奔跑,人民因此能够生存发展。”现在我不是说五谷不是神农所倡导的。神农既提出上好的药物,又倡导五谷的原因,是因为上好的药物稀少,很难得到;五谷容易种植,勤勉便可以长久地收获,用来救助百姓而使夭折短命的人继续生存,所以两种功绩一齐保存下来。只是贤明的人认识他的大的方面,普通人知道他的小的方面罢了,这是同出于神农氏一个人的。至于当归能够止痛,人们从没有停止服用过;耒耜能开垦土地,人们从事这种劳作而未停止使用,怎么对保养性命反而忽视不谈呢?这大概是习惯了先前已熟悉的东西,对不知道的东西感到奇怪。况且平原有枣子、板栗之类,池沼之地则有菱角、鸡头之类,虽然不是上好的药物,但它对养生的作用胜过了黄米和小米的厚实恭顺。赖以生存的食物,哪里只是五谷呢?又说:“黄米和小米香味多么浓郁,把神灵从天上招来。”蘋蘩荇藻这些水草,不能和丰富的菜肴相比;池塘的死水,沟中的积水,不能和精酿的醇酒相提并论,把它们进献在宗庙之中,感动神灵降福,因此知道神灵所享用的,是道义与信用,不是靠祭品来生存,如同九州的长官朝见天子陈述职守,各自贡献地方特产,以此表明忠诚之心一样罢了。又说:“菜饭进入人体,不超过十天就需要补充。”以此证明它利于养生,不是有损身体的东西。现在不是说菜肴、粮食没有充饥的益处,只是说它对于延长生命不能和上等药物相比罢了。请让我借此展开论辩。众所周知,麦子比大豆好,稻子又胜过小米,这是从它们的效益来识别的。假如没有稻子和小米的地方,必定把豆、麦作为珍贵的养生之物，认为没有什么可以超过它了。那么世人不知道上等药物比稻子、小米优良，就像坚持认为豆、麦比飞蓬、蒿草好，而认为天下必定没有稻子、小米一样。若能依靠良药来保养自己，那么稻子、小米的低贱也确实可以认识清楚。君子知道它们如此，所以以适宜于天性为准则，借助奇妙的东西来保养身体，把大道的基础建立在事物发展变化的最初阶段上，吸取朝霞来补益精神。现在如果以美酒为长寿之物，那么还没听说过高阳酒徒都是长寿老人，如果以爱好来充体为佳，那么还没听说过列鼎而食的豪奢生活会有百岁之客。况且冉耕患病，颜渊夭折，丰年多灾，荒年少病，所以北方民族的人吃了稻米便生恶疮；身上有伤口，吃了谷子便会开裂出血；用小米喂马，脚力就会沉重；雁吃了谷米，身子便滞重难飞。由此而言，五谷不是鸟兽的有功之物，百姓并未从五谷中受到什么恩惠，人们竭尽全力谋求它，舍弃性命来争夺它。奉养双亲、献给尊长的只是菊花、菰米、稻粱，宴请、集会则只有佳肴美酒，却不知它们都会损伤筋肉血液，容易迅速腐烂。初食虽然香甜，进入身体便腐烂发臭，空耗玷辱精神，污染五脏六腑。又有郁积的秽浊之气上升，自然生出蚀害，成了贪欲淫秽的阶梯，百病依附的场所。品尝一下嘴会被伤害，长期饮用便会短命。哪里像流动的泉水，甜美的纯水，琼树的花蕊，精美的白玉，金丹石菌，紫芝黄精，都是灵丹妙药的精华，稀世少有生长神奇，淳正的香气永不断绝，充满平和之气，洗涤五脏，疏朗透彻，舒展明洁，食用的人因此身体轻巧。再有练形换气，薰染骨骼，柔和筋骨，除去污垢，志在乘云驾雾。像这样下去，哪里需要什么五谷的调养呢？况且“螟蛉产了子，细腰蜂取来养育，螟蛉便化作细腰蜂”，这是本性的改变。橘树到了长江之北便成了枳树，是因为换了地方而改变的，这是形体的变异。接纳了所食东西的元气，返归本质，改变禀性，难道不是这样的吗？所以赤斧因为炼丹而毛发变红，涓子因为服用术精而长寿，偓佺因为好食松树果实而眼睛变成方形，赤松因为服食水晶而能驾驭云雾，务光因为食用蒲韭使耳朵变长，邛疏因为吃钟乳石而长生不老，方回因为服食云母而能变化形体，昌容因为食用蓬蔂而改变面容，像这样一类的事情，不能都详细记载下来。谁说五谷是绝好的东西而上等药物没有益处呢？

又责难千年以来，还没有亲眼看见过那种人，便认为没有那种人。我便要向责难的人发问了：看见了千岁的老人，凭什么识别他呢？想凭外貌验证他，他却与常人无异；想用年岁来验证他，那么朝生暮死的菌类无法知道晦朔间隔的长短，蜉蝣无法知道神龟的寿数。既然如此，那么千岁之人虽然在集市上，本来就不是短寿的人所能分辨出来的。彭祖七百，安期生千岁，见识短浅的人却认为是古书上的虚妄记载；刘根久睡不吃，有的人却认为是偶尔能够忍受饥饿；仲都冬天不穿衣服却身体温暖，夏天穿着皮衣却身体凉爽，桓谭却认为是偶然能够忍耐寒暑；李少君认出桓公的玉碗，阮种却认为是占测而知道的；唐尧把天下禅让给许由，扬雄却认为是喜欢夸大其事的人编造的。大凡像这类人，上把周公、孔子的作为看成人生的根本大业，终生专心致志地效法周公、孔子；下以嗜好欲望作为鞭策自己的行动，使自己欲罢而不能。奔驰在世俗的礼教之内，在荣耀耻辱之间竞争弄巧；为了跟多数人相同而去除自己的主张，思考问题不超越自己的职分；使奇闻异事在所见的范围内绝迹，奥妙的道理在平常的见解中断绝；这样来谈论通晓变化，洞达精微，还没有听说过。长期不满于闲居的生活，认为它没有欢乐；深深怀恨没有荤菜，认为那是自然愁苦。把酒色当作供养，认为长生无可寄托。那么您所认为欢乐的东西，一定是车马相连，随从众多，丰富的食物摆满面前。那些等待有了这些之后才能满足，认为这是天理自然的人，都是用外物来役使自己的身躯，在欲望中丧失了心志。推究性命本源的真情，和您所主张的色味名利是有所违背的。干渴的人看见的只是水，饮酒的人寻求的只是酒，人们都知道这是有了毛病才产生的。现在如果以顺从欲望为符合天性，那么干渴、饮酒的人都不是有病，沉湎酒色的人都没有过失，夏桀、盗跖这种人都是符合自然本性，这不是本文要阐明养生之理的用意。

至善的道理实在精微，容易湮没于世，但是或许可以从自身寻求而后醒悟，比较外物而后懂得它。人从小到大，遭际待遇有厚有减，爱憎有盛有衰。有的是幼年所喜欢的，壮年又抛弃了它；开始所鄙薄的，最后又重视它。碰到他喜欢它的时候，认为不可被迫改变；遇上他厌恶它的时候，便认为不能喜爱。但是如果对换一下位置，那么好恶之情则又和当初的不一样了。如果嗜好愿望会有改变，怎么知道今天所醉心的东西，不会变得腐败发臭；过去所鄙视的东西，不会变成神奇美妙呢？如果奴仆突然登上卿相的高位，那么守门的小官就被他瞧不起而抛开了。由此而言，大凡只是小小的一个方面的情感，哪里一定不会改变呢？而且饥饿的人吃饭，在将要获得想要的食物时，欢悦的情绪便注入心中；吃饱之后，便把它抛开了，有的便厌恶了。既是这样，那么荣华富贵和酒色就都有可以疏远的时候。蟒蛇在越国被视为珍贵的佳肴，中原人遇到就憎恶它；有文采的衣服在华夏很珍贵，裸国的人得到就扔掉它。无用的时候，都像中原的蟒蛇，裸国的彩衣。如果以与自然十分谐和作为最高的欢乐，那么荣华富贵就不屑一顾；如果以恬淡作为最美的滋味，那么酒色就不值得羡慕。如果自我得意有了真谛，那么世俗所喜欢的东西，就都是粪土罢了，有什么值得留恋的呢？现在提出问题的人看不见最大欢乐的情形，甘愿减损年岁，残害生命，以此顺从他的欲望，这便像李斯背叛儒家，以追求一朝的欲望；主父偃发愤自强，想享受五鼎的美味罢了。况且自己已经习惯了咸鱼店铺里的腥臭味，便轻贱香草，如同海鸟对着祭祀的牲畜而长时间发愁，魏文侯听到高雅的音乐便塞住耳朵。所以他们会把荣华富贵作为生存的条件，竟认为像西王母那样穴处的神仙，即使千秋万代长生不老，并不值得高兴。这都是因为内心没有主见，而借助外物来寻欢作乐。外物虽然丰富，但悲哀也已经准备好了。心中有了主见，因为内心的谐和而外表欢乐，虽然没有钟鼓，欢乐也已经具备了。所以对得志来说，不是高官厚禄；对最大欢乐来说，不是表现为欢喜若狂的样子，而是得失都无法牵累它罢了。况且父母有病，处在病困之中而又痊愈了，那么忧喜一齐都表现出来了。由此说来，还不如没有欢喜，这是可以懂得的道理。既然如此，那么没有欢乐难道不就是最大的欢乐吗？所以接受天地的中和之气，顺应自然的法则，以道德作为师友，研究阴阳之气的变化，乐意于长生不老，听任自然来寄托自己，与天地共存而永不朽腐，谁能享有这些呢？

养生有五种困难：名利不能泯灭，这是第一种困难；喜怒不能消除，这是第二种困难；声色不能摒弃，这是第三种困难；美味不能断绝，这是第四种困难；精神和意念散乱，这是第五种困难。如果有这五种困难存在，即使心中希望不老，口里念着至理名言，嘴嚼灵丹妙药，呼吸旺盛的阳气，也不能不违背他的操守，不摧折他的寿命。如果胸中没有五种困难，那么取信于人，顺应于天的修行便日益成功，自然无为的德性日益完善，不祈求喜庆之事而自然有福，不求长寿而自然会延年益寿，这是养生的伟大原理的精义所在。然而有的人品行超过曾参、闵子骞，信服仁义，行动都遵循中庸之道，没有很大的外物牵累，便认为人的道理已全部懂了，因此自我夸耀，而不清除喜怒，使神气平和，这样想消除衰老延长寿命，没有听说过。有的志向高尚，效法古人，不把名位视为荣耀，因此自以为超越了追逐名利的人。有的运用智慧治理社会而不遭遇灾祸，因此自我尊贵，这在处置身体方面，只不过和乡里高寿老人相同罢了，用来谈论保全性命，大概是毫无知识的。有的远离人世间，不与人交往，志气和顺纯粹，却不断绝五谷，不服用灵芝,那么对人生短暂的生命便没有益处了。有的人已储备好精美的干粮,能掌握六气的变化,又能胸含日月之光来观察自身,精神专一,返璞归真,心神贯注在深远幽寂的大道之中,胸中包含天地的和气,那么就可以使衰老退却,使寿命延长。所有这些,要合起来使用,不可缺一,如同辕轴轮辖,对于车子是一样也不可少的。那么人如果存了偏见,各自防备他所忧患的事物,好像单豹因为修养内心而忘了外界的危险,张毅为了追求身外的荣利而忽略了本性的保养,齐国因为在济西戒备赵国而被秦国打败,秦国因为防备戎狄使自己陷入困境,这都是不兼顾而造成的祸害。积累善行,坚守信用,这是世人经常听到的;慎重言语,节制饮食,这是读书人所知道的:超过这些以外的,就没有人知道一点这方面的知识了。请让我把先领悟到的道理,告诉将来要醒悟的人们。

声无哀乐论

这是一篇专门论述音乐理论问题的长篇巨制。它系统地反映了作为思想家、文学家和音乐家的嵇康的音乐思想。作者在文中就音乐的本质、声与心的关系、音乐的教育感染作用和社会功能以及民歌评价等重要问题，抒发了自己的“师心独见”（见《文心雕龙·论说》）。

音乐和人情相通，并且能反映政治的安定与动乱，这是儒家音乐理论的基石。嵇康则强调声音起于自然，如五色五味一样，都是自然的产物。它只有“善”与“不善”的区别，而“无关于哀乐”。“声无哀乐”是嵇康音乐思想的基本点，这与传统的音乐思想形成尖锐对立。

在声心关系上，儒家认为乐为心音，心随乐变。嵇康则从音乐的自然属性出发，“心之与声，明为二物”，音乐是客观的存在，感情是主观的存在，二者并无因果关系。他也承认音乐有巨大的感染作用，但这只是和谐的乐声自然作用的结果。

嵇康认为音乐本身没有教育作用。他认为音乐的作用在于宣泄内心的和乐，而人的内心只有在清明的政治条件下才会有和乐。音乐“移风易俗”的作用，实质上是政治清明潜移默化的结果。

他对民间音乐的评价，一反千百年来的陈腔滥调，给予了高度的赞美。他认为“郑声是音声之至妙”，还将郑声与雅乐相提并论。

他的自然乐论是在道家自然哲学的启发下产生出来的。他把声音看作自然的产物，把音乐的感染作用看成是和声自然作用的结果等等，都直接导源于《庄子·齐物论》中关于声音的议论。

嵇康的音乐思想带有强烈的反叛性质，对当时批判传统乐论中的神秘主义思想，打破儒家对音乐的垄断等方面，有积极的作用。但是，他把音乐说成是一种自然现象，不带感情因素和社会内容，也是错误的。

文章用主客问答的辩难形式，洋洋洒洒，陈古论今，反复设喻，层层推理，显示了很强的逻辑力量，但有时也不免陷入诡辩。从哲学史的角度来说，此文反映出了魏晋学者思辨能力的提升。

有秦客问于东野主人曰[①]：“闻之前论曰：‘治世之音安以乐，亡国之音哀以思[②]。’夫治乱在政，而音声应之，故哀思之情表于金石，安乐之象形于管弦也。又仲尼闻《韶》，识虞舜之德[③]；季札听弦，知众国之风[④]。斯已然之事，先贤所不疑也。今子独以为声无哀乐，其理何居？若有

嘉讯，请闻其说！”

主人应之曰：“斯义久滞，莫肯拯救，故令历世滥于名实[5]。今蒙启导，将言其一隅焉[6]。”

“夫天地合德，万物资生，寒暑代往，五行以成[7]，章为五色，发为五音。音声之作，其犹臭味在于天地之间。其善与不善，虽遭浊乱，其体自若而无变也[8]。岂以爱憎易操、哀乐改度哉？及宫商集比[9]，声音克谐，此人心至愿，情欲之所钟。古人知情不可恣，欲不可极，故因其所用，每为之节，使哀不至伤，乐不至淫。因事与名，物有其号：哭谓之哀，歌谓之乐，斯其大较也。然‘乐云，乐云，钟鼓云乎哉[10]？’哀云，哀云，哭泣云乎哉？因兹而言，玉帛非礼敬之实[11]，歌哭非哀乐之主也。何以明之？夫殊方异俗，歌哭不同。使错而用之，或闻哭而欢，或听歌而戚，然其哀乐之怀均也。今用均同之情，而发万殊之声，斯非音声之无常哉？然声音和比，感人之最深者也。劳者歌其事[12]，乐者舞其功。夫内有悲痛之心，则激哀切之言。言比成诗，声比成音，杂而咏之，聚而听之，心动于和声，情感于苦言，嗟叹未绝，而泣涕流涟矣。夫哀心藏于内，遇和声而后发，和声无象，而哀心有主。夫以有主之哀心，因乎无象之和声而后发，其所觉悟，唯哀而已，岂复知‘吹万不同，而使其自己’哉[13]？风俗之流，遂成其政，是故国史明政教之得失，审国风之盛衰，咏吟情性，以讽其上[14]，故曰‘亡国之音哀以思’也。”

“夫喜、怒、哀、乐、爱、憎、惭、惧，凡此八者，生民所以接物传情、区别有属而不可溢者也。夫味以甘苦为称，今以甲贤而心爱，以乙愚而情憎，则爱憎宜属我，而贤愚宜属彼也。可以我爱而谓之爱人，我憎而谓之憎人；所喜则谓之喜味，所怒则谓之怒味哉？由此言之，则外内殊用，彼我异名。声音自当以善恶为主，则无关于哀乐；哀乐自当以情感而后发，则无系于声音，名实俱去，则尽然可见矣。且季子在鲁，采诗观礼，以别风雅[15]，岂徒任声以决臧否哉？又仲尼闻《韶》，叹其一致，是以咨嗟。何必因声以知虞舜之德，然后叹美耶？今粗明其一端，亦可思过半矣。”

秦客难曰：“八方异俗，歌哭万殊，然其哀乐之情，不得不见也。夫心动于中，而声出于心。

虽托之于他音，寄之于余声，善听察者，要自觉之，不使得过也。昔伯牙理琴，而钟子知其所志[16]；隶人击磬，而子产识其心哀[17]；鲁人晨哭，而颜渊察其生离[18]。夫数子者，岂复假智于常音[19]，借验于曲度哉？心戚者则形为之动，情悲者则声为之哀，此自然相应，不可得逃，唯神明者能精之耳。夫能者不以声众为难，不能者不以声寡为易。今不可以未遇善听而谓之声无可察之理，见方俗之多变而谓声音无哀乐也。

"又云：'贤不宜言爱，愚不宜言憎。'然则有贤然后爱生，有愚然后憎起，但不当其共名耳。哀乐之作，亦有由而然，此为声使我哀，音使我乐也。苟哀乐由声更为有实，何得名实俱去邪？"

"又云：'季札采诗观礼，以别风雅；仲尼叹《韶》音之一致，是以咨嗟。'是何言与？且师襄奏操，而仲尼睹文王之容[20]；师涓进曲，而子野识亡国之音[21]；宁复讲诗而后下言，习礼然后立评哉？斯皆神妙独见，不待留闻积日，而已综其吉凶矣。是以前史以为美谈。今子以区区之近知，齐所见而为限，无乃诬前贤之识微，负夫子之妙察邪？"

主人答曰：“难云：‘虽歌哭殊万，善听察者，要自觉之，不假智于常音，不借验于曲度，钟子之徒云云是也。’此为心哀者虽谈笑鼓舞，情欢者虽拊膺咨嗟，犹不能御外形以自匿，诳察者于疑似也。尔为已就声音之无常，犹谓当有哀乐耳。”

“又曰：‘季子听声，以知众国之风；师襄奏操，而仲尼睹文王之容。’案如所云，此为文王之功德与风俗之盛衰，皆可象之于声音；声之轻重，可移于后世；襄涓之巧，又能得之于将来。若然者，三皇五帝可不绝于今日[22]，何独数事哉？若此果然也，则文王之操有常度，《韶》《武》之音有定数[23]，不可杂以他变，操以余声也；则向所谓声音之无常，钟子之触类，于是乎踬矣。若音声之无常，钟子之触类，其果然邪，则仲尼之识微，季札之善听，固亦诬矣。此皆俗儒妄记，欲神其事而追为耳！欲令天下惑声音之道，不言理自尽此，而推使神妙难知，恨不遇奇听于当时，慕古人而叹息。斯所以大罔后生也。夫推类辨物，当先求之自然之理；理已足，然后借古义以明之耳。今未得之于心，而多恃前言以为谈证，自此以往，恐巧历不能纪耳[24]！”

“又难云：‘哀乐之作，犹爱憎之由贤愚，此为声使我哀而音使我乐。苟哀乐由声，更为有实矣。’夫五色有好丑，五声有善恶，此物之自然也。至于爱与不爱，喜与不喜，人情之变，统物之理，唯止于此，然皆无豫于内[25]，待物而成耳。至夫哀乐，自以事会，先遘于心，但因和声以自显发。故前论已明其无常，今复假此谈以正其名号耳，不谓哀乐发于声音，如爱憎之生于贤愚也。然和声之感人心，亦犹酝酒之发人性也。酒以甘苦为主，而醉者以喜怒为用。其见欢戚为声发，而谓声有哀乐，犹不可见喜怒为酒使，而谓酒有喜怒之理也。”

秦客难曰：“夫观气采色[26]，天下之通用也。心变于内而色应于外，较然可见[27]，故吾子不疑。夫声音，气之激者也，心应感而动，声从变而发。心有盛衰，声亦隆杀。同见役于一身，何独于声便当疑邪？夫喜怒章于色诊[28]，哀乐亦宜形于声音。声音自当有哀乐，但暗者不能识之。至钟子之徒，虽遭无常之声，则颖然独见矣。今矇瞽面墙而不悟[29]，离娄照秋毫于百寻。以此言之，则明暗殊能矣。不可守咫尺之度，而疑离娄之察；执中庸之听，而猜钟子之聪，皆谓古人为妄记也。”

主人答曰：“难云：‘心应感而动，声从变而发，心有盛衰，乐亦隆杀，哀乐之情，必形于声音。钟子之徒，虽遭无常之声，则颖然独见矣。’必若所言，则浊质之饱[30]，首阳之饥[31]，卞和之冤[32]，伯奇之悲[33]，相如之含怒[34]，不占之怖祇[35]，千变百态，使各发一咏之歌，同启数弹之微，则钟子之徒，各审其情矣。尔为听声者不以众寡易思，察情者不以大小为异，同出一身者，斯于识之也。设使从下出，则子野之徒，亦当复操律鸣管，以考其音，知南风之盛衰[36]，别雅、郑之淫正也[37]。”

“夫食辛之与甚噱，熏目之与哀泣，同用出泪，使易牙尝之，必不言乐泪甜而哀泪苦。斯可知矣。何者？肌液肉汗，踧笮便出[38]，无主于哀乐，犹簁酒之囊漉[39]，虽笮具不同，而酒味不变也。声俱一体之所出，何独当含哀乐之理邪？且夫《咸池》《六茎》《大章》《韶》《夏》[40]，此先王之至乐，所以动天地、感鬼神者也。今必云声音莫不象其体而传其心，此必为至乐不可托之于瞽史，必须圣人理其弦管，尔乃雅音得全也。‘舜命夔击石拊石，八音克谐，神人以和[41]。’以此言之，至乐虽待圣人而作，不必圣人自执也。何者？音声有自然之和，而无系于人情，克谐之音，成于金石；至和之声，得于管弦也。夫纤毫自有形可察，故离瞽以明暗异功耳。若以水济水，孰异之哉？”

秦客难曰：“虽众喻有隐，足招攻难，然其大理，当有所就。若葛卢闻牛鸣，知其三生为牺[42]；师旷吹律，知南风不竞，楚师必败；羊舌母听闻儿啼，而知其丧家[43]。凡此数事，皆效于上世，是以咸见录载。推此而言，则盛衰吉凶，莫不存乎声音矣。今若复谓之诬罔，则前言往记，皆为弃物，无用之也。以言通论，未之或安，若能明斯所以，显其所由，设二论俱济，愿重闻之！”

主人答曰：“吾谓能反三隅者[44]，得意而忘言，是以前论略而未详。今复烦循环之难，敢不自一竭邪？夫鲁牛能知历牺之丧生[45]，哀三生之不存，含悲经年，诉怨葛卢；此为心与人同，异于兽形耳。此又吾之所疑也。且牛非人类，无道相通，若谓鸟兽皆能有言[46]，葛卢受性独晓之，此为解其语而论其事，犹译传异言耳，不为考声音而知其情，则非所以为难也。若谓知者，为当触物而达，无所不知。今且先议其所易者，请问：圣人卒入胡域[47]，当知其所言不乎？难者必曰知之。知之之理，何以明之？愿借子之难，以立鉴识之域焉[48]。或当与关接识其言邪？将吹律鸣管校其音邪？观气采色知其心邪？此为知心自由气色，虽自不言，犹将知之，知之之道，可不待言也。若吹律校音以知其心，假令心志于马而误言鹿，察者故当由鹿以知马也。此为心不系于所言，言或不足以证心也。若当关接而知言，此为孺子学言于所师，然后知之，则何贵于聪明哉？夫言，非自然一定之物，五方殊俗，同事异号，趣举一名，以为标识耳。夫圣人穷理，谓自然可寻，无微不照。苟无微不照，理蔽则虽近不见，故异域之言不得强通。推此以往，葛卢之不知牛鸣，得不全乎？”

“又难云：‘师旷吹律，知南风不竞，楚多死声。’此又吾之所疑也。请问师旷吹律之时，楚国之风邪，则相去千里，声不足达；若正识楚风之来入律中邪，则楚南有吴、越，北有梁、宋，苟不见其原，奚以识之哉？凡阴阳愤激，然后成风。气之相感，触地而发，何得发楚庭，来入晋乎？且又律吕分四时之气耳[49]，时至而气动，律应而灰移[50]，皆自然相待，不假人以为用也。上生下生[51]，所以均五声之和，叙刚柔之分也。然律有一定之声，虽冬吹中吕[52]，其音自满而无损也。今以晋人之气，吹无损之律[53]，楚风安得来入其中，与为盈缩邪？风无形，声与律不通，则校理之地，无取于风律，不其然乎？岂独师旷博物多识，自有以知胜败之形，欲固众心，而托以神微，若伯常骞之许景公寿哉[54]？”

“又难云：‘羊舌母听闻儿啼，而审其丧家。’复请问：何由知之？为神心独悟暗语而当邪？尝闻儿啼若此其大而恶，今之啼声似昔之啼声也，故知其丧家邪？若神心独悟暗语之当，非理之所得也，虽曰听啼，无取验于儿声矣。若以尝闻之声为恶，故知今啼当恶，此为以甲声为度，以校乙之啼也。夫声之于音，犹形之于心也，有形同而情乖，貌殊而心均者。何以明之？圣人齐心等德而形状不同也。苟心同而形异，则何言乎观形而知心哉？且口之激气为声，何异于籁籥纳气而鸣邪[55]？啼声之善恶不由儿口吉凶，犹琴瑟之清浊不在操者之工拙也。心能辨理善谭，而不能令籁籥调利[56]，犹瞽者能善其曲度，而不能令器必清和也。器不假妙瞽而良，籥不因慧心而调，然则心之与声，明为二物。二物诚然，则求情者不留观于形貌，揆心者不借听于声音也。察者欲因声以知心，不亦外乎？今晋母未得之于考试，而专信昨日之声，以证今日之啼，岂不误中于前世，好奇者从而称之哉？”

秦客难曰：“吾闻：败者不羞走，所以全也。今吾心未厌[57]，而言于难，复更从其余。今平和之人，听筝、笛、批把[58]，则形躁而志越；闻琴瑟之音，则体静而心闲[59]。同一器之中，曲用每殊，则情随之变：奏秦声则叹羡而慷慨，理齐、楚则情一而思专，肆姣弄则欢放而欲惬；心为声变，若此其众。苟躁静由声，则何为限其哀乐，而但云至和之声，无所不感；托大同于声音[60]，归众变于人情？得无知彼不明此哉？”

主人答曰：“难云：‘批把、筝、笛令人躁越。’又云：‘曲用每殊，而情随之变。’此诚所以使人常感也。批把、筝、笛，间促而声高，变众而节数，以高声御数节，故使形躁而志越。犹铃铎警耳，而钟鼓骇心，故‘闻鼓鼙之音，则思将帅之臣[61]’，盖以声音有大小，故动人有猛静也。琴瑟之体，间辽而音埤[62]，变希而声清，以埤音御希变，不虚心静听，则不尽清和之极，是以体静而心闲也[63]。夫曲度不同，亦犹殊器之音耳。齐、楚之曲，多重，故情一；变少，故思专[64]；姣弄之音，挹众声之美[65]，会五音之和，其体赡而用博，故心役于众理；五音会，故欢放而欲惬。然皆以单、复、高、埤、善、恶为体，而人情以躁、静、专、散为应。譬犹游观于都肆，则目滥而情放；留察于曲度，则思静而容端。此为声音之体，尽于舒疾，情之应声，亦止于躁静耳。”

“夫曲用每殊，而情之处变，犹滋味异美，而口辄识之也。五味万殊，而大同于美；曲变虽众，亦大同于和。美有甘，和有乐[66]。然随曲之情，尽乎和域；应美之口，绝于甘境，安得哀乐于其间哉？然人情不同，各师所解，则发其所怀；若言平和，哀乐正等，则无所先发，故终得躁静。若有所发，则是有主于内，不为平和也。以此言之，躁静者，声之功也；哀乐者，情之主也。不可见声有躁静之应，因谓哀乐皆由声音也。”

“且声音虽有猛静，各有一和，和之所感，莫不自发。何以明之？夫会宾盈堂，酒酣奏琴，或忻然而欢[67]，或惨尔而泣，非进哀于彼，导乐于此也。其音无变于昔，而欢戚并用，斯非‘吹万不同’邪？夫唯无主于喜怒，亦应无主于哀乐，故欢戚俱见。若资偏固之音，含一致之声，其所发明，各当其分，则焉能兼御群理，总发众情邪？由是言之，声音以平和为体，而感物无常；心志以所俟为主，应感而发。然则声之与心，殊途异轨，不相经纬，焉得染太和于欢戚[68]，缀虚名于哀乐哉？”

秦客难曰：“论云：‘猛静之音，各有一和，和之所感，莫不自发，是以酒酣奏琴而欢戚并用。’此言偏重之情先积于内[69]，故怀欢者值哀音而发，内戚者遇乐声而感也。夫声音自当有一定之哀乐，但声化迟缓，不可仓卒，不能对易。偏重之情，触物而作，故令哀乐同时而应耳；虽二情俱见，则何损于声音有定理邪？”

主人答曰：“难云：‘哀乐自有定声，但偏重之情，不可卒移，故怀戚者遇乐声而哀耳。’即如所言，声有定分，假使《鹿鸣》重奏[70]，是乐声也，而令戚者遇之，虽声化迟缓，但当不能便变令欢耳，何得更以哀邪[71]？犹一爝之火[72]，虽未能温一室，不宜复增其寒矣。夫火非隆寒之物，乐非增哀之具也。理弦高堂而欢戚并用者，直至和之发滞导情，故令外物所感得自尽耳。”

“难云：‘偏重之情，触物而作，故令哀乐同时而应耳。’夫言哀者，或见机杖而泣[73]，或睹舆服而悲，徒以感人亡而物存，痛事显而形潜。其所以会之，皆自有由，不为触地而生哀，当席而泪出也。今无机杖以致感，听和声而流涕者，斯非和之所感，莫不自发也？”

秦客难曰：“论云：‘酒酣奏琴而欢戚并用。’欲通此言，故答以偏情感物而发耳。今且隐心而言[74]，明之以成效。夫人心不欢则戚，不戚则欢，此情志之大域也。然泣是戚之伤，笑是欢之用也。盖闻齐、楚之曲者，惟睹其哀涕之容，而未曾见笑噱之貌。此必齐、楚之曲，以哀为体，故其所感，皆应其度。岂徒以多重而少变，则致精壹而思专邪？若诚能致泣，则声音之有哀乐，断可知矣。”

主人答曰：“虽人情感于哀乐，哀乐各有多少。又哀乐之极，不必同致也。夫小哀容坏，甚悲而泣，哀之方也[75]。小欢颜悦，至乐而笑，乐之理也。何以言之？夫至亲安豫，则怡然自若，所自得也。及在危急，仅然后济[76]，则抃不及儛[77]。由此言之，儛之不若向之自得，岂不然哉？至夫笑噱虽出于欢情，然自以理成，又非自然应声之具也。此为乐之应声，以自得为主；哀之应感，以垂涕为故。垂涕则形动而可觉，自得则神合而无变，是以观其异而不识其同，别其外而未察其内耳。然笑噱之不显于声音，岂独齐、楚之曲邪？今不求乐于自得之域，而以无笑噱谓齐、楚体哀，岂不知哀而不识乐乎？”

秦客问曰：“仲尼有言：‘移风易俗，莫善于乐[78]。’即如所论，凡百哀乐，皆不在声，则移风易俗，果以何物邪？又古人慎靡靡之风，抑慆耳之声[79]，故曰‘放郑声，远佞人[80]’。然则郑、卫之音[81]，击鸣球以协神人，敢问郑雅之体，隆弊所极；风俗移易，奚由而济？愿重闻之，以悟所疑。”

主人应之曰：“夫言移风易俗者，必承衰弊之后也。古之王者，承天理物，必崇简易之教，御无为之治。君静于上，臣顺于下，玄化潜通，天人交泰，枯槁之类浸育灵液，六合之内沐浴鸿流[82]，荡涤尘垢，群生安逸，自求多福，默然从道，怀忠抱义，而不觉其所以然也。和心足于内，和气见于外，故歌以叙志，儛以宣情。然后文之以采章，照之以风雅，播之以八音，感之以太和，导其神气，养而就之，迎其情性，致而明之，使心与理相顺，气与声相应，合乎会通，以济其美。故凯乐之情，见于金石；含弘光大，显于音声也。若此以往[83]，则万国同风，芳荣济茂，馥如秋兰[84]，不期而信，不谋而成，穆然相爱，犹舒锦布彩，灿炳可观也。大道之隆，莫盛于兹，太平之业，莫显于此，故曰：‘移风易俗，莫善于乐。’然乐之为体，以心为主，故无声之乐，民之父母也。至八音会谐，人之所悦，亦总谓之乐，然风俗移易，本不在此也。”

“夫音声和比，人情所不能已者也。是以古人知情之不可放，故抑其所遁；知欲之不可绝，故自以为致。故为可奉之礼，制可导之乐，口不尽味，乐不极音，揆终始之宜，度贤愚之中，为之检则，使远近同风，用而不竭，亦所以结忠信、著不迁也。故乡校庠塾亦随之[85]，使丝竹与俎豆并存[86]，羽毛与揖让俱用[87]，正言与和声同发。使将听是声也，必闻此言；将观是容也，必崇此礼。礼犹宾主升降，然后酬酢行焉[88]。于是言语之节，声音之度，揖让之仪，动止之数，进退相须，共为一体。君臣用之于朝，士庶用之于家。少而习之，长而不怠，心安志固，从善日迁，然后临之以敬，持之以久而不变，然后化成。此又先王用乐之意也。故朝宴聘享，嘉乐必存。是以国史采风俗之盛衰，寄之乐工，宣之管弦，使'言之者无罪，闻之者足以诫'。此又先王用乐之意也。"

"若夫郑声，是音声之至妙。妙音感人，犹美色惑志。耽槃荒酒[89]，易以丧业，自非至人，孰能御之？先王恐天下流而不反[90]，故具其八音，不渎其声；绝其大和，不穷其变；捐窈窕之声[91]，使乐而不淫，犹大羹不和[92]，不极勺药之味也[93]。若流俗浅近，则声不足悦，又非所欢也。若上失其道，国丧其纪，男女奔随，淫荒无度，则风以此变，俗以好成。尚其所志，则群能肆之[94]；乐其所

习，则何以诛之？ 托于和声，配而长之，诚动于言，心感于和，风俗壹成，因而名之。 然所名之声，无中于淫邪也。 淫之与正同乎心，雅、郑之体，亦足以观矣。”

---

① 秦客:作者假托的人物。东野主人:作者自况的人物。 ②“治世”二句:语出《礼记·乐记》。 ③“又仲尼”句:《论语·述而》载:“子在齐闻《韶》,三月不知肉味。”《八佾(yì)》又载:“子谓《韶》,‘尽美矣,又尽善矣’。”《韶》:传说为舜所做的乐曲名,体现了舜的德行,所以孔子认为《韶》尽善尽美。 ④“季札”二句:春秋时吴国公子季札出使鲁国,听乐工演奏《诗经》的“风”“雅”“颂”各章。季札分别都给予评价,并指明是哪国的民谣(见《左传·襄公二十九年》)。 ⑤ 滥:失去真实。 ⑥ 一隅:事物的一个方面。 ⑦ 五行:古代称构成各种物质的五种元素,即水、火、木、金、土。“五行说”在战国时颇为流行,五行家用五行来说明世界万物的起源,把五行和各类可以增减为五数的事物配合起来。现把与本文有关的几种事物的搭配关系列成简表。

五　行	木　火　土　金　水
四　时	春　夏　（中气）　秋　冬
五　色	青　赤　黄　白　黑
五　音	角　徵　宫　商　羽
五　味	酸　苦　甘　辛　咸

⑧ 自若：保持原样。 ⑨ 宫商：简称古代音调，即宫、商、角、徵、变徵、羽、变宫等七个声调。 ⑩“乐云”句：语出《论语·阳货》。原意是说，音乐难道仅仅是敲击钟鼓吗？这里，嵇康实际是诡辩，把音乐的“乐”故意读为哀乐的“乐”，遂引出下句“哀云哀云，哭泣云乎哉”。 ⑪“玉帛”句：《论语·阳货》载：“子曰：‘礼云，礼云，玉帛云乎哉？’”句意本此。 ⑫“劳者”句：《公羊传·宣公十五年》何休注：“饥者歌其食，劳者歌其事。” ⑬《庄子·齐物论》载：“子游曰：‘地籁则众窍是已，人籁则比竹是已。敢问天籁？’子綦曰：‘夫吹万不同，而使其自已也，咸其自取，怒者其谁邪！’”意即最美妙的声音艺术境界即天籁，天籁是万物因其各自的自然状态而自鸣，非外物所能为。 ⑭“是故”四句：《毛诗序》说：“国史明乎得失之迹，伤人伦之废，哀刑政之苛，吟咏情性，以风（通“讽”）其上。” ⑮ 风雅：指国风和大、小雅等诗的体裁。 ⑯“昔伯”二句：见《琴赋》注。⑰“隶人”二句：此事不见于古书记载。戴明扬校曰：“‘产’字当为‘期’字之误。”今按：“子产”与“子期”不易传写致误，当是嵇康误记。《吕氏春秋·精通》载，钟子期夜闻击磬者而悲，使人召而问之曰：“子何击磬之悲也？”答曰：“臣之父不幸而杀人，不得生；臣之母得生，而为公家为酒；臣之身得生，而为公家击磬。臣不睹臣之母三年矣。……是故悲也。”钟子期叹嗟曰：“悲夫，悲夫！心非臂也，臂非椎非石也，悲存乎心，而木石应之。……” ⑱“鲁人”二句：《说苑·辨物》载：“孔子晨立堂上，闻哭者声音甚悲。……回（颜渊名）曰：‘今者有哭者，其音甚悲，非独哭死，又哭生离者……’孔子使人问哭者，哭者曰：‘父死家贫，卖子以葬之，将与其别也。’子曰：‘回也善于识音矣。’”（末句文字从《孔子家语·颜回篇》改） ⑲ 假：假借，凭

借。 ⑳“师襄”二句:《韩诗外传》卷五载,孔子向师襄学琴,师襄作文王之声,孔子听了说:“邈然远望,洋洋乎,翼翼乎,必作此乐也。黯然黑,几(颀)然而长,以王天下,以朝诸侯者,其惟文王乎?”是说孔子根据文王的音乐,能知道文王的为人。师襄:春秋鲁国乐官。 ㉑“师涓”二句:《韩非子·十过》载,卫灵公到晋国去,在濮水上听到一种从未听过的音乐声,就让师涓听了记下来。到晋国后演奏给晋平公听,曲未终,师旷抚而止之,说:“此亡国之声,不可遂(终)也。”并解释说:“此师延(纣的乐官)之所作,与纣为靡靡之乐也。及武王伐纣,师延东走,至于濮水而自投。故闻此声者,必于濮水之上。先闻其声者,其国必削,不可遂。”师涓:春秋时卫灵公的乐官。子野:师旷的字。 ㉒三皇五帝:传说中的古代帝王。究为何人,其说不一。三皇,一般认为指天皇、地皇、人皇,或谓燧人、伏羲、神农,亦谓伏羲、神农、女娲。五帝,一般指黄帝、颛顼(zhuān xū)、帝喾(kù)、唐尧、虞舜。 ㉓《武》:周武王时乐曲名。 ㉔巧历:指善于计算历法的人。《庄子·齐物论》说:“一与言为二,二与一为三,自此以往,巧历不能得,而况其凡乎?” ㉕豫:参与,涉及。 ㉖采色:义同“观气”,即察颜观色。 ㉗较然:明显、清楚的样子。 ㉘章:通“彰”,显著,明显。色诊:气色,色貌。 ㉙矇(méng):瞎子。 ㉚“则浊”句:《汉书·货殖传》说:“质氏以洒削(磨刀以水洒之)而鼎食,浊氏以胃脯(制脯和五味而味美易售)而连骑。”此言浊氏、质氏以“贱业”而能致富尊显。 ㉛“首阳”句:《论语·季氏》说:“伯夷、叔齐饿于首阳之下。”参见《琴赋》注。 ㉜“卞和”句:《韩非子·和氏》载,楚人和氏(即卞和)得璞于楚山,献给厉王,王以为诳,刖其左足。后又献给武王,又被刖右足。及文王即位,和抱璞哭于楚山之下，三日三夜，泣尽而继之以血。王使人问之，和曰："吾非悲刖也。悲夫宝玉而题之以石，贞士而名之以诳，此吾所以悲也。"于是文王派人加工，果然得到一块宝玉，就称之为"和氏之璧"。㉝"伯奇"句：《水经注·江水》引扬雄《琴清英》说："尹吉甫子伯奇至孝，后母谮之，自投江中。衣苔带藻，忽梦见水仙赐其美药，思惟养亲，扬声悲歌。" ㉞"相如"句：见《卜疑》注。 ㉟"不占"句：不占即春秋时的陈不占。刘向《新序·义勇》载："齐崔杼弒庄公也，有陈不占者，闻君难，将赴之；比去，餐则失匕，上车失轼。御者曰：'怯如是，去有益乎？'不占曰：'死君，义也；无勇，私也。不以私害公。'遂往。闻战斗之声，恐骇而死。"怖祇：恐骇。 ㊱"知南"句：《左传·襄公十八年》载，晋人闻有楚师，师旷曰："不害。吾骤歌北风，又歌南风，南风不竞（强），多死声，楚必无功。" ㊲雅、郑：指《诗经》中的大、小雅和《郑风》。儒家诗教的传统观点认为，雅乐是正声，郑声是淫靡之声。 ㊳蹴笮（cù zé）：挤压的意思。蹴，收敛，收缩。笮，榨，压。 ㊴簁（shāi）：筛子，此用作动词。漉（lù）：滤。 ㊵"且夫"句：班固《白虎通·礼乐》引《礼记》说："黄帝乐曰《咸池》，颛顼乐曰《六茎》，帝喾乐曰《五英》，尧乐曰《大章》，舜乐曰《箫韶》，禹乐曰《大夏》，汤乐曰《大濩》（huò），周乐曰《大武》《象》，周公之乐曰《酌》，合曰《大武》。"这节文字不见于今本《礼记》。 ㊶"舜命"三句：略引自《尚书·舜典》。拊（fǔ）：拍。八音克谐：八音都非常谐和。神人以和：神与人都很谐和。 ㊷"若葛"二句：《左传·僖公二十九年》载，东夷小国介国国君葛卢到鲁国朝拜，鲁僖公"礼之，加燕好。介葛卢闻牛鸣，曰：'是生三牺，皆用之矣。其音云。'问之而信。"杜预注："言人听或通鸟兽之情。"牺：即牺牲，祭祀时作为祭品的整头牲口。

㊸“羊舌”二句：羊舌肸(xī)的儿子食(sì)我出生时，羊舌肸的母亲前去看望，走到堂前，听到食我的哭声，即掉头而走，说：“这是豺狼之声，将来灭我羊舌一宗的，一定是他。”后来，食我助晋臣祁盈作乱被杀，羊舌一宗同时被灭(见《左传·昭公二十八年》)。羊舌：即羊舌肸，字叔向，春秋时晋臣。 ㊹ 反三隅：举一反三。《论语·述而》说：“举一隅，不以三隅反，则不复也。” ㊺ 历牺：原作“牺历”，据戴明扬校改。 ㊻ 言：字原缺，据张溥本补。 ㊼ 卒：通“猝(cù)”，突然。 ㊽ 域：界域，准则。 ㊾“且又”句：谓六律、六吕能够分别四时的节气。律吕：古代用竹管制成的校正乐律的器具，以管的长短来确定音的不同高度。从低音管算起，成奇数的六个管叫做“律”，成偶数的六个管叫做“吕”。 ㊿“律应”句：古人用律吕占验节气的变化，将苇膜烧成灰，放在律管内，到某一节气，相应律管内的灰就会自行飞出，据此，可预测节气的变化(见《后汉书·律历志上》)。
51“上生”句：指律管长短与音律变化的规律。《吕氏春秋·音律》说：“三分所生，益之一分以上生；三分所生，去其一分以下生。”
52 冬吹中吕：古人以一年十二个月与十二律相对应，十二律中的中吕相当于孟夏四月，冬天吹奏时意味着声音不好(见《礼记·月令》和《吕氏春秋·十二纪》)。 53 损：原作“韵”，据鲁迅校改。
54“若伯”句：伯常骞曾用祭祷的方式使枭鸟死去，齐景公因此问伯常骞能否给他增加寿命，伯常骞答应说能，并说增寿的征兆是地震。晏子问他：“我过去通过观测天象而知道将有地震，你也是用的这个方法吧?”伯常骞低头承认。晏子说：“寿命不会因你的祭祷而增加，也不会因你不祭祷而减少。”(见《晏子春秋·内篇杂下》)伯常骞：春秋时人，原为周贱史，后入齐国。景公：齐景公，春秋时齐国君，名杵臼。公元前547年—前490年在位。 ⑤5 籥：箫。籥(yuè)：古代一种乐器，形状像笛，三孔而短小。 ⑤6 籥：原作"内"，据戴明扬校改。⑤7 厌：通"餍"，足，满足。 ⑤8 批把(pí pá)：同"琵琶"。 ⑤9 体：原误作"听"，据戴明扬校改。 ⑥0 大同：《庄子·天下》说："大同而与小同异，此之谓小同异；万物毕同毕异，此之谓大同异。"大同，本指万事万物无所不包的总概念，此与下文"太和"意近，意即十分谐和。⑥1 "闻鼓"二句：《礼记·乐记》说："鼓鼙(pí)之声欢，欢以立动，动以进众。君子听鼓鼙之声，则思将帅之臣。"鼙：小鼓。 ⑥2 埤：通"卑"，低，低下。 ⑥3 体：字原误作"听"，据戴明扬校改。 ⑥4 少：原作"妙"，据戴明扬校改。 ⑥5 挹(yì)：舀，聚。 ⑥6 和有乐：吉联抗校云，当作"乐有和"，译文从之。 ⑥7 忻：同"欣"。 ⑥8 太和：即至和，十分和谐的意思。 ⑥9 重：原作"并"，据鲁迅校改。 ⑦0《鹿鸣》：《诗经·小雅》的篇名。《毛诗序》说："《鹿鸣》，燕群臣嘉宾也。" ⑦1 以：有。 ⑦2 爝(jué)火：小火把。《庄子·逍遥游》说："日月出矣，而爝火不息，其于光也，不亦难乎？" ⑦3 机杖：机，同"几(jī)"，矮小的桌子。《礼记·曲礼上》说："谋于长者，必操几杖以从之。"孔疏："杖可以策身，几可以扶己，俱是养尊者之物。"此谓死者生前用过之物，子孙见旧物而思念其人。 ⑦4 隐心：凭心，照常情。⑦5 方：常法，常态。 ⑦6 仅：勉强能够。 ⑦7 抃(biàn)：鼓掌。儛：同"舞"。 ⑦8 "移风"二句：《孝经·广要道》说："子曰：'……移风易俗，莫善于乐。'" ⑦9 慆(tāo)：娱乐，使愉快。 ⑧0 "放郑"二句：《论语·卫灵公》说："放郑声，远佞人。郑声淫，佞人殆(危险)。"⑧1 郑、卫之音：《荀子·乐论》说："郑、卫之音，使人之心淫。" ⑧2 六合：上下四方，指天地之间。 ⑧3 此：原缺，据戴明扬校补。 ⑧4 馥

(fù)：芳香。 ㉅ 乡校庠(xiáng)塾：均指学校。《礼记·学记》说："古之教者，家有塾，党有庠。"郑国称乡校。 ㉆ 丝竹：乐器，借指音乐。俎(zǔ)豆：祭祀时的礼器，借指礼制。 ㉇ 羽毛："毛"通"旄"。羽旄，古代乐舞所执的雉羽和旄牛尾，此借指乐舞。揖让：古代宾主相见的一种礼仪，此借指礼仪。 ㉈ 酬酢(zuò)：宾主相互劝酒的应对礼节，主酌以敬宾曰献，宾还答曰酢，主复答敬曰酬。 ㉉ 槃：通"般(pán)"，乐，玩乐。 ㊉ 流：没有节制。反：通"返"。 ⑨① 窈窕(yǎo tiǎo)：美好，此谓艳冶。 ⑨② 大(tài)羹不和(huò)：《礼记·乐记》说："大飨之礼，尚玄酒而俎腥鱼，大羹不和，有遗味者矣。"郑玄注："大羹，肉湆(qì，汁)，不调以盐菜。"大羹，不和五味的肉汁。⑨③ 勺药之味：五味调和。《汉书·司马相如传》："勺药之和具而后御之。"颜师古注："勺药，药草名，其根主和五藏，又辟毒气，故合之于兰桂五味以助诸食，因呼五味之和为勺药耳。" ⑨④ 肆：通"肄"，学习，练习。

翻译

有一位秦地来的客人向东野主人问道："我听前人论述说：'太平时代的音乐安详而且欢乐，亡国的音乐悲哀而且忧伤。'大凡国家的太平和动乱在于政事，而乐音声响与它相应和，所以悲哀和忧伤的感情表露在铜钟石磬的打击乐上，安详和欢乐的形象体现在箫管琴弦的鼓吹乐中。又像仲尼听到《韶》乐，能识别虞舜的德行；季札听到演奏'风雅'，能知道是哪国的民谣。这些是过去历史上的事情，是古代的贤人所不怀疑的。现在您却偏偏认为声音本身没有哀乐，这理由在哪里？若有高论，请说给我听听！”

主人回答他说：“这种观念长久滞留在人们心里，没有人肯加以改变，所以使历代都弄不清它的名和实的关系。现在承蒙您启发开导，我就讲讲这个道理的某一方面吧。”

“天地融合的德惠，万物才能借以滋生，寒冬暑夏交替运行，五行因而形成，可以表现为五色，发生为五音。乐音声响的作用，就像气味存在于天地之间。它的好和不好，即使遇到世事的变乱，它的本体还是保持原样而没有改变的，难道会因为人的爱好和憎恶而变换操守，因为人的悲哀和欢乐而改动度量吗？至于人按照不同的声调进行汇集排比起来，使乐音声响能够和谐，这是人们心中最高的愿望，也是人的情感欲望的聚集。古人知道情感不可放纵，欲望不能极端，所以按照它的需要，时常加以节制，使人的悲哀不至于伤害身心，欢乐不至没有限度。根据不同的事物给予不同的名称，每种东西都有自己的称号：哭泣叫做哀，歌唱称为乐，这是它们的大概情况。然而孔子说‘乐呀乐呀，仅仅是说钟和鼓这些乐器吗？’所谓悲哀，仅仅是说哭泣吗？按照这个来说，玉器、财帛不是礼仪的实质，歌唱、哭泣不是悲哀欢乐的主体。用什么来加以说明呢？不同的地方有不同的风俗，歌唱和哭泣的含意也不相同。假使错杂开来使用，有的地方听到哭泣就快乐，有的地方听得歌唱便悲伤，然而人的悲哀喜乐的感情却是一样的。现在用同样的感情，发出各种不同的声音，这不是乐音声响本身并没有一定的感情吗？然而声调乐音和谐地组合起来，就是感人最深的东西。劳苦的人歌唱他的事情，欢乐的人用歌舞来表现他的功绩。内心有了悲痛的感情，就会激发出哀伤急切的言辞。语言组织成了诗篇，声调组织成了音乐，错杂起来反复咏唱，聚集起来侧耳倾听，心情被和谐的音乐所激动，情绪为忧伤的歌词所感染，感叹的声音还没有停止，眼泪就已经潸潸而下了。悲哀的感情藏在内心，遇到相应和谐的声音而后激发出来，相应和谐的声音没有具体形象，而悲哀的感情却是有人主宰的。因为有人主宰的悲哀感情，凭借着没有具体形象的相应和谐的声音表现出来，人们所感觉领悟到的，只是悲哀罢了。哪里还知道庄子说的'风吹孔鸣各种不同的美妙声音，都出于自然'呢？风谣习俗的流传，就形成了它所反映的政治，因此国家的史官根据风俗辨明政治教化的得失，审察各地民谣的盛衰，吟咏情性来讽劝他的国君，所以说'亡国的音乐悲哀而忧伤'。"

"喜、怒、哀、乐、爱、憎、惭、惧，这八种情感，是人们用来接触事物，传达真情，彼此区别，各有所属，因而不能滥用的。味道用甜和苦来称呼，现在因为某甲贤明而心中喜爱他，因为某乙愚笨而感情上厌恶他，那么喜爱和厌恶的感情应该属于我，而贤和愚的性质应该属于他。难道可以因为我喜爱而称他为大家喜爱的人，我憎恨而称他为大家憎恨的人？对个人所喜欢的滋味就称作'喜味'，对个人所恼怒的滋味就称作'怒味'吗？由此说来，外物和内心有不同的作用，外物的客体和内心的主体有不同的名称。

声响乐音自然应当以好坏为主，那么就无关于哀乐；哀乐自然应当因为人的情感而后才表现出来，那么就和声音便没有关联。名和实一起去掉，那么就完全可以看清楚了。况且季札在鲁国，采访诗歌来观察礼治的得失，区别国风和雅诗，难道是单凭听声音来论定是非好坏吗？又如孔子听到《韶》乐，赞叹它的完整一致，所以长吁短叹，哪里一定是从声音中知道了虞舜的德行，然后才赞美它呢？现在我粗略地说明了音乐的某一方面，也可以理解大半了。”

秦客反驳说：“各个地方有不同的风俗，歌唱和哭泣的表现方式也是多种多样的，但是人们悲哀、欢乐的感情，却不得不表现出来。情感在内心受到激动，因而声音就从内心发出来。虽然依托在人声以外的其他乐音，寄寓在许多声响之中，但是善于听辨的人，重要的是自然地觉察到，不让它发生过分的表现。从前伯牙弹琴，钟子期能知道他的志向；有个奴隶敲打石磬，子产便知道他心中的悲哀；有个鲁国人早晨哭泣，颜渊能明察他遇生死离别的悲痛。像这几个人，难道还要凭借一定的音律来显示智慧，凭借曲调节奏来验证吗？心里忧戚的人，容貌脸色便随之变动；感情悲痛的人，声音也随之显得哀愁，这是自然相应的，不可能逃脱，只有神明的人才能精通它罢了。精通音乐的人不会因为声音复杂而感到难于辨识，不懂音乐的人不会因为声音简单便容易了解。现在不可以因为还没有遇上善于听音乐的人，便说声音没有可以察辨的道理；看见各地风俗变化多端，便认为声音没有悲哀、欢乐之情。”

“你又说：‘贤明的人不应该说是喜爱的人，愚蠢的人不应该说是憎恶的人。’既然这样，那么事实是有了贤明然后才产生喜爱之情，有了愚蠢然后才生出憎恶之心，只是不应当使它们共用一个名称罢了。哀乐之情的产生，也是有原因才这样的，这是声响使我悲哀，乐音使我快乐。如果哀乐之情的产生是由于声音的作用，如果这是更有事实依据的，怎么能够把名和实一起去掉呢？”

“你又说：‘季札根据诗篇观察礼治的得失，用来区别国风、雅诗；孔子赞叹《韶》乐的完美一致，因而长吁短叹。’这是什么话呢？况且师襄弹琴，因而孔子便看到了文王的风貌；师涓演奏新曲，因而师旷便听出那是亡国的音乐，难道也是讲明了诗意而后作判断，练习了礼仪然后进行评论的吗？这些都是神奇奥妙的独到见识，不须多日反复去听，就已经能考察分辨它的凶吉了。因此从前的史书都把它当作美谈。现在您以自己渺小肤浅的知识，把所看见的一切都等同起来，并且作为界限，不是诬蔑了前代贤士识辨的精微，有负于孔子神妙的洞察能力吗？”

主人回答说：“你驳斥道：‘虽然歌唱和哭泣的表现形式多种多样，但是善于听辨的人，重要的是能自然地觉察到，不凭借一定的音律来显示智慧，不凭借曲调节奏来验证，钟子期等人如此这般就是证明。’这是因为心中悲哀的人虽然谈笑欢跳，情绪欢乐的人虽然捶胸叹息，但他们还是不能控制外表的形色来掩藏自己的感情，欺骗考察的人处于疑惑相似之间。你认为即使承认乐音声响本身并没有一定的感情，仍然应当说它们有哀伤和欢乐的了。”

“你又说：‘季札听了音乐，能识别各国的谣曲；师襄弹琴，孔子便看到了文王的风貌。’根据你所说的，这就是说文王的功德与风谣习俗的盛衰，都可以在声音中表现出具体形象；声音的轻重，可以流传到后世；师襄、师涓的巧妙，又能在将来得到。如果是这样的话，三皇五帝时代的事情在今天就不会断绝，哪里只有这几件事呢？如果这是真的，那么文王的琴曲有固定的法度，《韶》乐、《武》乐有一定的规则，不可以杂入其他的变调，奏出许多的声响，那么先前所说的乐音声响本身并没有一定的感情，钟子期听到琴声而能推知伯牙的心意，就都站不住脚了。如果乐音声响本身并没有一定的感情，钟子期听到琴声而能推知伯牙的心意，难道是真的吗？那么孔子能察识精微之处，季札善于听辨各国的歌谣，原本也就是说谎了。这些都是庸俗的儒者的虚妄记述，是想使事情神秘化而追编出来的。想让天下人迷惑于声音的事理，不敢说它的道理不过如此，而要把它推想得神妙难知，自恨没有生在当时遇到这些有神奇听觉的人，只有仰慕古人而叹息。这是对后人的极大的欺骗。以类推论，辨别万物，应当先寻求自然的道理。道理充足了，然后借用古代的义理来说明它罢了。现在你心中还没有领会，因而大多依靠古代的说法作为谈论的证据，这样下去，恐怕是善于计算历法的人也不能把它记全哩！”

“又辩驳道：‘哀乐之情的产生，如同爱和憎的感情是由于贤和愚，这是声响使我悲哀，乐音让我欢乐。如果哀乐之情的产生，是由于声音，则更加有事实依据了。’五色有美丽和丑陋，五声有好听和难听，这是物体的自然属性。至于爱它还是不爱，喜欢还是不喜欢，人的感情的变化，统摄着事物的道理，只不过如此。但是事物都不影响内心，只是等待外物而完成罢了。至于哀乐之情，自然是因为碰上了具体的事情，先在心里构成了，只是凭借谐和的音乐自然地明显激发出来。所以前面的论述已经说明声音本身没有一定的情感，现在再借助这番话来端正它的名称罢了，不能说哀乐之情的产生是由于声音，就像爱憎之情的产生是因为贤明和愚笨一样。但是相应和谐的声音对人心的感动，也就像美酒催发人的性情一样。酒的主要味道是甜和苦，但是喝醉酒的人却表现为欢喜和愤怒。人们看见欢乐和忧伤的感情是用声音发生出来的，便认为声音有悲哀和欢乐，就如同不能因为看到欢喜和愤怒的感情是被酒驱使出来的，便说酒有欢喜和愤怒的感情，它的道理是一样的。”

秦客反驳道：“观察人的气色，是天下人通用的办法。心情在里面发生变化，气色在外表就有相应的变化，这是明显可见的，所以您不怀疑。声音是气集中激发的结果，感情随着外来的感受而变化，声音随着感情的变化而发生。感情有旺盛也有衰退，声音也有厚重有减弱。同样表现在一个人的身上，为什么唯独对声音便应当怀疑呢？喜悦和愤怒会表现在气色上，悲哀和欢乐也应该表露在声音中。声音自然应当有悲哀和欢乐，只是愚昧的人不能识别它。至于钟子期这样的人，虽然遇到没有一定感情流露的声音，却也能敏锐地发现它。现在盲人面对着墙壁也看不见墙的存在，而离娄却能在近百丈远的地方看见细如毛发的东西。由此而言，那么贤明和愚蠢的人能力相差是很远了。不可拘囿于自己所见的咫尺之间的狭小范围，而来怀疑离娄明察秋毫的视力；拿自己平庸的听觉，来猜疑钟子期敏锐的听力，都认为古人的事是虚妄的记载。”

主人回答说：“你辩驳道：‘感情随着外来的感受而变化，声音随着感情的变化而发生。感情有旺盛也有衰退，声音也有厚重有减弱。哀乐之情，一定会在声音中表露出来。钟子期这类人，虽然遇到没有一定感情流露的声音，却也能敏锐地发现它。’如果一定像你说的那样，那么浊氏和质氏的饱食、伯夷和叔齐的饥饿、卞和的冤屈、伯奇的悲伤、蔺相如的心怀愤怒、陈不占的恐惧，形态千变万化。假使这些人各自发出一种吟咏的歌声，都弹出几声轻微的琴音，那么钟子期这类人，也能够分别详察它们的情感了。这就是说，听声音的不因为声音的多少而改变思绪，辨察情感的人不因为声音的大小而出现差异，同出于一体，这就能识别了。假设声音从地下发出来，那么师旷这样的人，也要拿起律管吹奏，以便考察声音，判断南方乐曲的盛衰，辨别雅乐的纯正和郑声的放纵。”

“吃了辣味的东西和大笑，烟熏了眼睛和悲哀的哭泣，同样要流眼泪，让易牙来品尝它的滋味，一定不会说快乐的泪水甜而悲哀的泪水苦。这是可以知道的了。为什么呢？人的肌体内的汗水和液体，挤压了便会出来，没有受哀乐的主宰，就像用筛子滤酒和用袋子滤酒一样，虽然压榨的工具不同，但酒味并不改变。声音都是从同一个人体上发出的，为什么单单声音应当包含有哀乐的道理呢？况且《咸池》《六茎》《大章》《韶》《夏》，这些都是上古贤明君王的最完美的音乐，是用来感动天地鬼神的。如今一定要说声音无不具有发声的本体的形象，而且传达它的感情，这就必然是完美的音乐不能交给乐师和史官，必须由圣人亲自掌管演奏，这样才能使雅正的音乐完全表达出来。虞舜命令夔敲打石磬，各种乐器的声调能够和谐，神和人因而都很和乐。由此而言，完美的音乐虽然需要圣人创作，却不必圣人自己演奏。为什么呢？声音有自然的和谐，而和人的情感无关。能够协调的声音，是由钟磬乐器完成的；十分和谐的声音，是从箫管琴瑟获得的。细微的毛发本来就有形体可以察看，所以离娄和盲人因为视力的明和暗而显出不同的功效。如果是把水添加到水里面，谁还能分别它呢？”

秦客反驳说：“虽然各种比喻都有不足之处，足以招致攻击责难，然而它们主要的道理，应当有所成就。像介葛卢听到牛叫声，知道它生的三头牛都作了祭品；师旷吹奏律管，知道南方的风微弱，楚国的军队一定要失败；羊舌肸的母亲听到小孩的哭声，就知道他将来会败家。这几件事情，都在前代得到验证，因此都被记载下来。由此而言，那么盛衰、吉凶，无不存在于声音之中。现在如果还说它是欺骗，那么从前的传闻和过去的记载，都是可以抛弃的东西，没有什么用处。要说这是通达的见解，也许不一定安妥。如果能说明这些事的原因，揭示它们的来龙去脉，假使两方面的观点都能讲通，我愿意再听听您的高见。”

主人回答说：“我本来以为你能举一反三，领会了意思而不须多言，所以前面的论述简略，还不周详。现在又烦劳你反复诘难，怎么敢不竭尽全力来回答呢？鲁国的牛能知道历次的小牛丧生，为自己所生的三头小牛不得生存而感到悲哀，长年怀着悲痛，向介葛卢诉说怨恨，这是因为它的心和人心相同，只是它的兽类形体与人不同罢了。这又是我所怀疑的。况且牛不是人类，没有途径使心意相通，如果说鸟兽全都能有自己的语言，介葛卢禀受的资质偏偏能通晓它，这是懂得鸟兽的语言来谈论它们的事情，如同翻译不同的语言罢了，并不是从考辨它们的声音来了解它们的情意，那么这就不是所辩难的问题了。如果认为聪明人应当接触到什么东西就能明白它的意思，无所不知。现在姑且先谈谈那些容易懂的事。请问：圣人突然到了北方民族区域，应当懂得他们说的话吗？辩驳的人一定会说懂的。懂得的道理怎么来说明呢？愿意借您的诘难，来确定一个观察辨别的范围。是应当与他们联络、接触来弄懂他们的话呢，还是用吹奏律管来校测他们的声音呢？用观察气色来理解他们的心意呢？这是因为了解人的心意，自然通过人的气色，虽然他们自己不说，还是可以知道的，知道的道理可以不须多说。如果用吹奏律管测验声音的方法来理解他们的心意，那么假若他心里想着马，却误说成鹿，考察的人就应当是从说鹿来推知他心里想的是马了。这说明心意和所说的话没有联系，语言有时不足以证明他的心意。如果是通过交往接触来弄懂他的话，这是小孩子向教他的人学说话，学了以后才弄懂了，那么这种聪明又有什么可贵呢？语言不是自然固定的东西，各地风俗不同，同一事物有不同的称号，仓促取一个名称，作为标记罢了。圣人通达一切道理，认为自然存在物都可以找出它的端绪来，无论多么细微都能看得清清楚楚。如果圣人通晓道理而看清楚一切细微，那么道理不通，即使是很近的事物也不能鉴别，所以异国他乡的语言不能勉强通晓。由此推论，介葛卢不懂牛叫之意，能说推论不周全吗？”

“你又辩驳道：‘师旷吹奏律管，知道南方的风不强，楚国有很多死亡之声。’这又是我所怀疑的。请问师旷吹奏律管的时候，如果是楚国的风，那么相距有千里之远，声音不足以传到此地；如果恰恰认出是楚风进入律管中，那么楚国的南面有吴国和越国，北面有梁国和宋国，如果没看见它的来源，又根据什么来识别它呢？阴气和阳气剧烈地冲激，然后形成风。阴气和阳气互相感应，接触到地面便发出风来，哪能从楚国发出，来到晋国呢？况且律吕又只是能够分别四时的节气罢了。时节到了，因而节气就会变动；音律相应，因而苇膜灰也会移动；这都是自然地互相联系，不须借助人力起作用的。十二律的上生和下生，是为了调节五声的和谐，表示音律高低的分寸。然而每个律吕都有一定的声音，即使冬季吹仲吕，它的音还是饱满而没有损失的。现在用晋国人的气息，吹着没有差失的音律，楚国的风怎么能够进入律管之中，使它振动发声呢？风没有形状，风声与律不相通，那么验证事理的地方，并不从风和律吕取得，不是这样的吗？岂只是师旷知识渊博，自然有用来预知胜败形势的根据，他想安定人心，而假托神奇微妙之言，就像伯常骞答应给齐景公增添寿数那样。”

“你又诘难说：‘羊舌子容的母亲听到小孩的哭声，就知道了他将来要败家。’再请问：她是怎么知道的？是神妙的心灵独自领悟了一种隐秘的语言而知道的吗？是曾经听到过小孩哭叫这样粗大而又不祥，现在的哭声就像过去的那种哭声，因此知道他要败家吗？如果是神妙的心灵独自领悟了一种暗语而知道的，那么就不是从声音表达的道理而得到的，虽说是听哭声，其实并未从小孩的声音中取得验证。如果是因为曾经听到过的声音不祥，所以知道现在的哭声也不祥，这是以甲的声音为标准，来验证乙的哭声。声音与感情的关系，就像外形和内心的关系一样，有外形相同而心情不同的，有外貌不同而内心相同的。怎么知道呢？圣人是心情一样、德行相同的，但他们的外表却不相同。如果内心相同而外形有异，那么什么能说观察外表就能知道内心呢？而且嘴激动气息便成了声音，这和籁籥一类的乐器接受气息而发出声音有什么不同呢？哭声的善恶并不是由于小孩嘴巴的吉凶，就像琴瑟的声音清亮还是粗重并不在于弹奏者技巧的高低。心能使人辨别事理，善于言谈，却不能使籁籥变好，就像乐师能够使曲调变得更为完美，却不能使乐器的声音一定清和。乐器不会因为有巧妙的乐工而变好，籁籥不会因为有敏慧的心灵而变得协调，那么人的思想感情和音乐，显然是两个东西。既然确实是两个东西，那么探求性情的就不能局限于观察外表形状，推测内心的就不能借助于听辨声音。考察的人想凭借声音来推知思想感情，不也是远离在外了吗？现在晋人的这位母亲不是通过考察而得知的，而是专门相信昨天听到过的声音，用来验证今天的哭声，这岂不是在前代偶然猜中了一件事，好奇的人便相信了而对它称道起来么？”

秦客诘难道："我听说，失败的人不羞耻逃走，是为了保全自己。现在我心里还不满足，还要辩驳，再从其他方面来说说。现在心情平和的人，听筝、笛和琵琶的演奏，就会形状浮躁而心情激越；听到琴瑟的声音，就会体态安静而心情闲适。同一乐器的演奏中，乐曲的功用常有改变，那么人的感情也随着它变化：演奏秦地的音乐，就赞叹美慕并慷慨激昂；演奏齐地、楚地的音乐，则感情专一而思想专注；尽情演奏美好的小曲，就欢乐放达而心满意足，思想感情因为音乐的变化而变化，像这样的情况很多。如果浮躁和安静是随着声音的变化而变化的，那么为什么要排除它具有使人哀乐的作用，而只说最和谐的音乐，没有什么事物不被它感化，把大同的理想寄托在声音上，把复杂的变化归结于人情呢？这岂不是知道那一方面却不知道这一方面吗？”

主人回答道："你诘难说：'琵琶、筝和笛的演奏使人浮躁激越。'又说：'曲调的功用常有改变，而人的感情也随着它变化。'这些的确是使人经常感觉到的。琵琶、筝和笛，琴弦、笛孔间隔近而声调高，变化多而节奏快，因为高声调加上快节奏，所以使人形状浮躁而心情激越。就像铃铛的声音惊动耳朵，钟鼓的声音惊骇人心，所以'听到战鼓的声音，就会想起将帅这些武官'，那是因为声音有大小，所以感动人有强烈和文静的区别。琴瑟这类乐器，弦距较宽而声调低，变化少而声音清和，因为低声调加上变化少，如果不虚心静听，就不能完全领略到清和之音的最高境界，因此使人外表安静而心情闲适。曲调不同，也只像不同乐器的声音而已。齐、楚两地的曲调，大多反复重唱，所以情感单纯；变化少，所以思想专一。美妙的小曲的声音，聚集了各种声音的美，会合了五音的清和，它的本体丰满而作用广泛，所以人的心情会受到各种各样的调理；五音会合在一起，所以使人欢快轻松而心满意足。但是它们都是以简单、复杂、音调高、音调低、好听和不好听作为音乐的本体，而人的情感则以浮躁、安静、专一、轻松作为应和。譬如在城里的市场上游逛，便目光散乱而心情松弛；仔细察听音乐，则思绪沉静而仪态端庄。这说明声音的本体，全在于舒缓和疾速，情感对于声音的反应，也只在于躁动和宁静而已。"

"曲调的功用常有不同，而人的情感也随着变化，就像滋味有不同的美味，而嘴总是能识别它的。五味调和有各种各样的差别，但总归是美；曲调的变化虽然众多，但总归于和谐。味中有甘甜，和谐中有快乐。然而随乐曲而产生的感情，全都在和谐的音乐领域，反应为美味的嘴，到甘美的境界为止，哪里有悲哀和快乐在它们中间啊？然而人的情感不同，各自根据自己所理解的，便抒发出他的情怀。如果说心情平和，悲哀和欢乐对他都是相同的，那就没有事先存在的感情表露出来，所以终归只有躁动和安静。如果有什么表露，就是内心存有主见，不能称为心情平和。由此说来，躁动和安静，是声音的功能；悲哀和快乐，是情感的主使。不可以看见声音对人有躁动和安静的反应，便因此说悲哀和快乐都是由声音引起的。”

“而且声音虽然有的强烈，有的文静，但各自都有一种和谐，和谐的感应，没有不是自然地发生的。怎么来说明它呢？比如会聚宾客济济一堂，酒喝得酣畅时弹起琴来，有的人高高兴兴脸露笑容，有的人凄惨地啜泣，这并非是把悲哀给了那个人，而用欢乐引导着这个人。它的声音和过去比并没有改变，但欢乐和悲戚同时起作用，这不是像大自然风吹万千窍穴发出不同声音一样吗？因为它并不决定人的欢喜和愤怒，也不决定悲哀和欢乐，所以欢乐和悲戚同时都能看到。如果用各种固有的不同的声音，使它们含有一致的声调，这样的乐曲激发和表现的思想感情，各自符合它一定的标准，那么它又怎么能够同时表现各种思想，综合地引发各种情感呢？由此而言，声音以平和作为本体，而感染事物却不固定，人的心情志意以自己所期待的愿望为主，接受了声音的感染便激发出来。既然如此，那么声音和情感便如不同的轨道，彼此互不交织，怎么能使十分和谐的音乐沾染上欢乐和悲伤之情，把空洞的名称和哀乐连缀在一起呢？”

秦客辩驳道："你论述说：'强烈和文静的声音，各自都有一种和谐，和谐的感应，没有不是自然发生的。因此在饮酒酣畅的时候弹起琴来，人们欢乐和悲伤的感情同时发生了。'这是说偏重于悲哀或欢乐的感情，先积聚在内心，所以心中欢乐的人遇上悲哀的音乐会表现出欢乐，内心忧伤的人遇到欢乐的音乐会表现出悲伤。声音自然应当有一定的悲哀和欢乐，但是声音感化人的作用比较迟缓，不可仓促之间见效，不能够相互对换。偏重于一端的感情，接触到事物便表现出来，所以让悲哀和欢乐同时反应出来了。虽然两种感情同时出现，可是对声音有一定的哀乐的道理又有什么损害呢？"

主人回答道："你辩驳说：'悲哀和欢乐自然归属于一定的声音，只是偏重一端的感情，不可能突然进行转移，所以心中忧伤的人遇到欢乐的音乐而表现出忧伤。'即使像你说的，声音有固定的内容，假使《鹿鸣》隆重地演奏起来，这是欢乐的音乐，让心中忧伤的人遇着它，即使说声音感化人的作用迟缓，也只是应当不能立即使他变成欢乐罢了，怎么会更加悲哀呢？就像一个小火把，虽然不能温暖整个房子，也不该会再增添房子里的寒冷吧。因为火不是增添寒冷的东西，欢乐不是增加悲哀的工具。在高大的厅堂上弹琴而欢乐和悲伤同时表现出来的原因，简直就是最和谐的音乐在启发心中的积滞，引导郁积的感情，所以使得外界事物的感受得以尽情发泄。"

"你还诘难说：'偏重一端的感情，接触到事物便会表现出来，所以使悲哀和欢乐同时有了反应。'要说悲哀，或者看见矮几和手杖而哭泣，或者看见车子和服饰而悲痛，只是因为有感于亲人亡故而他生前用过的东西还在，痛心于他的事迹还很清楚而形体却已经消失。他之所以受到感触，都有着各自的原由，不该是看到地面而心生悲哀，对着酒席而流泪吧。现在没有他亡故的亲人用过的矮几和手杖来引起哀伤的感情，而是听到和谐的音乐流泪的，这不是和谐的音乐对人的感受，没有不是自然发生的吗？"

秦客辩驳道："你论述说：'饮酒酣畅的时候奏起琴来，欢乐和悲伤的感情便同时表现出来。'我想说明这句话，所以回答说偏重于一端的感情有感于事物便表现出来了。现在暂且从审察人的情感来说，用一定的效验来证明它。人的感情不是欢乐就是悲伤，不是悲伤就是欢乐，这是人的感情意志的大体划分。然而哭泣是悲哀伤心，笑是欢乐的表现。听到齐楚二地的乐曲的人，只看见他悲哀流泪的面容，却未曾见过大笑的容貌。这必定是齐楚二地的乐曲，以表现悲哀作为主体，所以它感染人之后，人的表现都和它的本质相应。哪里只是因为多重唱而少变化，就令人精神贯注而思想专一呢？如果的确能让人哭泣，那么声音有悲哀和欢乐，就断然可知了。"

主人回答说："虽然人的感情会有感于悲哀和欢乐，但悲哀和欢乐却各有多有少。而且悲哀和欢乐的极点，也不一定是同样情致的。小小的悲哀脸色便很不好看，十分悲伤就哭泣，这是悲哀的常态。小小的欢乐脸上就显露出喜色，极为欢乐就发笑，这是欢乐的道理。怎么来说明它呢？最亲近的人安好，就怡然自若，这是自然的得意。到亲人处在危急之中，而后才勉强渡过难关，那么虽然拍掌称欢，但也不会达到手舞足蹈。由此而言，即使手舞足蹈也比不上从前的自然得意，难道不是这样的吗？至于哈哈大笑虽然出于欢乐的感情，但是自然是有它内在的原因才产生的，又不是与声音自然相应的工具。这是欢乐反应于声音，以自然得意为主；悲哀对声音的反应，以流泪为自然表现。流泪则形貌改变而可以察觉，自然得意则精神相合而表面没有变化，因此看到它的差异而没有认识它的相同，区别了它的外表而没有察别它的内心。然而哈哈欢笑没有表露在声音之中，难道只限于齐楚二地的乐曲吗？现在不从自然得意的地方去寻求欢乐的表现，却因为看不见哈哈大笑便认为齐楚二地的乐曲是以悲哀为主，难道不是只知道悲哀而不知道欢乐吗？”

秦客问道：“孔子说过：‘改变风气和习俗，没有比音乐更好的。’如果像你说的那样，各种悲哀和欢乐的情感，都与声音无关，那么改变风俗，究竟用什么东西呢？而且古人慎重对待靡靡之音的歌谣，抑制使心耳淫荡的乐曲，所以说‘驱逐郑国的乐曲，疏远谄媚的小人’。那么郑国、卫国的音乐，庙堂上敲打玉磬使神和人都快乐和谐，大胆请问郑国乐曲与庙堂雅乐的实质，它们的盛衰的极点；风俗的改变，通过什么而达到的？愿意再听你说说，以便解开我的疑团。”

主人回答他说：“说到改变风俗，一定是承接在衰弊的世道之后。古代贤明的君王，秉承天意治理事物，必定崇尚简易的教化，实行无为的政治。君王在上面清静无为，臣民在下面顺从教化，圣德教化在暗中默默感化，天和人都很安宁，干枯的万物在雨露中浸润成长，天地万物都沐浴在宏大的暖流之中，清除一切污浊事物，人们安乐，自求多福，默然顺从大道，抱守忠义，而不觉察到为什么会这样。和谐的精神充满了体内，和谐的神气就表现到了外表，所以用歌唱来叙述心志，用舞蹈来表露感情，然后用文采来修饰它，用《风》《雅》来发扬它，用各种乐器来传播它，用太和之音来感召它，引导它的精神，涵养育成它。适应它的本性，使它显露出来，使心与理互相顺应，气和声互相应和，融会贯通，以便助成它的美妙。所以欢乐的感情，表现在钟磬之类的乐器上；宏大的气氛，显露在声音中。像这样下去，那么各地都受到它的感化，芬芳的鲜花繁盛郁茂，像秋天的兰草那样芳香，不用约期而可信，不用谋划而有成，默默地相爱，如同展开锦缎铺陈彩帛一样，光彩灿烂分外美观。大道的兴盛，没有比这再盛大；太平的业绩，没有比这更显著的。所以说：‘改变风气和习俗，没有比音乐更好的。’但是音乐的本体，以精神为主，所以没有声音的音乐，可以说是百姓的父母。至于各种乐音的和谐，是人人都喜欢的，也都称为音乐，然而风俗改变的根本道理，本不在于这里。”

“声音和谐地组织起来，是人的感情需要而不可避免的。因此古人知道感情不可放纵，所以要抑制它的泛滥；知道欲望不可以杜绝，所以要引导它的发展。因此制定可以奉行的礼，制作可以引导人们的音乐，口不享尽一切美味，音乐不用尽一切妙音，考察开始到终结过程的适度，估量贤人和愚者之间的中庸，给它制定准则，使远近各地都同样受到感化，永远受用不完，也用来巩固忠信，落实不动摇。所以乡里家族的学校也跟着这样做，使管弦乐器和祭祀礼器同时并存，乐舞装饰与礼仪举止同时并用，诗歌与音乐同时发出。使人们要听这种音乐，必定要听到这种诗歌；要看这种乐舞，必定要崇尚这种礼节。礼就像宾客和主人之间的升降揖让，然后才进行应酬交际。于是言语的分寸，声音的法度，揖让的仪容，行动举止的礼数，进退互相配合，共同成为一个整体。君主、臣僚在朝廷上使用，士大夫、平民在家中使用。从小就学习它，长大了也不懈怠，内心安定，意志坚固，遵从善行，天天进步。然后用恭敬的态度实行它，长久地坚持它而不改变，然后教化得以成功。这又是前代君王使用音乐的意思。所以朝见、宴饮、聘问、祭供，必定要使用美好的音乐。因此国家的史官采集风俗的盛衰，交给乐工，用音乐演唱起来，使'说这些话的人不因此而获罪，听到这些话的人足以警戒自己'。这又是前代君王使用音乐的意思。"

"至于郑国音乐，这是音乐中最美妙的东西。美妙的音乐对人的感染，就像女子的美色对人的心志的迷惑。沉溺于游乐，迷乱于饮酒，容易使人丧失事业，如果不是最完美的圣人，谁又能抵挡它的诱惑呢？前代的贤明君王恐怕天下人纵乐而不能自制，所以完备了八音，使不亵渎这些声音，竭尽于最和谐的境界，而不穷尽它的奇异变化。减少艳冶的声音，使它给人欢乐却不至放纵，如同祭祀的肉汁不加盐菜调味，不追求五味调和的美味。至于世俗浅近的音乐，它的声音并不足以悦耳，又不是所喜欢的。如果君主丧失他的道德，国家丧失它的法纪，男女私奔，荒淫无度，那么风气就会因此改变，习俗也会为人们的爱好而形成。崇尚他们所向往的，那么众人都努力学习它；爱好他们所习惯的，那么又怎么责备它呢？把它寄托在和谐的音乐中，配合着音乐发展起来，真诚被歌词所激动，心情被和谐的音乐所感染，风俗一经形成，因此就给它名称。这样起名称它为'声'，并不针对放纵邪恶。放纵与纯正都同样出于人心，雅乐与郑声的实质，也就足以看到了。”

释私论

这是一篇抨击当时社会虚伪政治的理论性文章。“释私”就是“除私”。作者认为，“夫私以不言为名，公以尽言为称”。“不言”就是隐藏真情；“尽言”即显露真情，无所隐匿。这是公和私的本质区别，“释私”就要“越名教而任自然”，也就是要去除虚伪的名教而任其真实自然。因而作者要求君子应当“显情无措”，显露真情，不为是非而刻意采取什么措施，也就是庄子所说的没有“成心”（《庄子·齐物论》）。并且指出“匿情”“违道”则是小人最可恶的方面，必须坚决摒弃。他把公与私看成是“是非之至”，认为公与私是一切事物成败的关键。

文章特别提出要注意区别“似非而非非”“类是而非是”的事情，“或有矜以至让、贪以至廉”者，或有“谗言似信”“激盗似忠”者，要仔细辨察。要让立公者无所顾忌，行动无所怀疑，要防止行私者，假冒公名“宰割天下以奉其私”（见《嵇康集·太师箴》）。这具有很强的暗示性和针对性。当时司马氏集团假借名教诛锄异己，以“不孝”的罪名废弑曹氏幼主，名教已成了他们篡权的工具。嵇康所反对抨击的正是司马氏集团倡导的虚伪“名教”，所以嵇康一再强调“无措乎是非”“越名任心”“弃名以任实”，这对时人具有振聋发聩的作用。

夫称君子者，心无措乎是非[①]，而行不违乎道者也。何以言之？夫气静神虚者，心不存乎矜尚；体亮心达者，情不系于所欲。矜尚不存乎心，故能越名教而任自然；情不系于所欲，故能审贵贱而通物情。物情顺通，故大道无违；越名任心，故是非无措也。是故言君子则以无措为主，以通物为美；言小人则以匿情为非，以违道为阙。何者？匿情矜吝，小人之至恶；虚心无措，君子之笃行也。是以大道言[②]："及吾无身，吾有何患[③]？"无以生为贵者，是贤于贵生也。由斯而言，夫至人之用心，固不存于有措矣。是故伊尹不惜贤于殷汤[④]，故世济而名显；周旦不顾嫌而隐行，故假摄而化隆[⑤]；夷吾不匿情于齐桓[⑥]，故国霸而主尊。其用心岂为身而系乎私哉？故《管子》曰[⑦]："君子行其道，忘其为身[⑧]。"斯言是矣！君子之行贤也，不察于有庆而后行也；任心无穷，不议于善而后正也；显情无措，不论于是而后为也。

是故傲然忘贤，而贤与庆会；忽然任心，而心与善遇；傥然无措[9]，而事与是俱也。故论公私者，虽云志道存善，心无凶邪，无所怀而不匿者，不可谓无私。虽欲之伐善，情之违道，无所抱而不显者，不可谓不公。今执必公之理，以绳不公之情，使夫虽性善者不离于有私；虽欲之伐善，不陷于不公。重其名而贵其心，则是非之情不得不显矣。夫是非必显，有善者无匿情之不是，有非者不加不公之大非。无不是则善莫不得，无大非则莫过其非，乃所以救其非也。非徒尽善，亦所以厉不善也[10]。夫善以尽善，非以救非，而况乎以是非之至者。故善之与不善，物之至者也。若处二物之间所往者，必以公成而私败。同用一器，而有成有败。

夫公私者，成败之途而吉凶之门也。故物至而不移者寡，不至而在用者众。若资乎中人之体[11]，运乎在用之质，而栖心古烈，拟足公途，值心而言，则言无不是；触情而行，则事无不吉。于是乎情之所措者[12]，乃非所措也；欲之所私者，乃非所私也。言不计乎得失而遇善，行不准乎是非而遇吉，岂非公成私败之数乎[13]？夫如是也，又何措之有哉？故里凫显盗，晋文恺悌[14]；勃鞮号罪，忠立身存[15]；缪贤吐衅，言纳名称[16]；渐离告诫，一堂流涕[17]。然斯数子皆以投命之祸，临不测之机，表露心识，犹以安全，况乎君子无彼人之罪，而有其善乎？措善之情，亦甚其所病也。“唯病病，是以不病[18]。”病而能疗，亦贤于病矣。

然事亦有似非而非非，类是而非是者，不可不察也。故变通之机，或有矜以至让，贪以致廉，愚以成智，忍以济仁。然矜吝之时，不可谓无廉；猜忍之形，不可谓无仁；此似非而非非者也。或谗言似信，不可谓有诚；激盗似忠，不可谓无私，此类是而非是也。故乃论其用心，定其所趣，执其辞以准其理，察其情以寻其变，肆乎所始，名其所终，则夫行私之情，不得因乎似非而容其非；淑亮之心，不得蹈乎似是而负其是。故实是以暂非而后显，实非以暂是而后明。公私交显，则行私者无所冀，而淑亮者无所负矣。行私者无所冀，则思改其非；立公者无所忌，则行之无疑，此大治之道也。故主妾覆醴，以罪受戮[19]；王陵庭争，而陈平顺旨[20]，于是观之，非似非而非非者乎[21]！明君子之笃行，显公私之所在，阖堂盈阶[22]，莫不寓目而曰[23]：“善人也。”然背颜退议，而含私者不复同耳。抱怨而匿情不改也者[24]，诚神以丧于所惑，而体以溺于常名；心以制于所慑，而情有系于所欲，咸自以为有是而莫贤乎己。未有攻肌之惨，骇心之祸，遂莫能收情以自反，弃名以任实。乃心有是焉，匿之以私；志有善焉，措之为恶。不措所措，而措所不措；不求所以不措之理，而求所以为措之道，故明为措而暗于措。是以不措为拙，以致措为工，唯惧隐之不微，唯患匿之不密，故有矜忤之容以观常人，矫饰之言以要俗誉。谓永年良规，莫盛于兹；终日驰思，莫窥其外。故能成其私之体，而丧其自然之质也。于是隐匿之情，必存乎心；伪怠之机，必形乎事。若是，则是非之议既明，赏罚之实又笃。不知冒阴之可以无景，而患景之不匿；不知无措之可以无患，而恨措之不巧[25]，岂不哀哉！是以申侯苟顺，取弃楚恭[26]；宰嚭耽私，卒享其祸[27]。由是言之，未有抱隐顾私而身立清世，匿非藏情而信著明君者也[28]。是以君子既有其质，又睹其鉴，贵夫亮达，希而存之[29]；恶夫矜吝，弃而远之。所措一非，而内愧乎神；所隐一阙[30]，而外惭其形。言无苟讳，而行无苟隐。不以爱之而苟善，不以恶之而苟非。心无所矜，而情无所系。体清神正，而是非允当。忠感明天子，而信笃乎万民；寄胸怀于八荒，垂坦荡以永日。斯非贤人君子高行之美异者乎！

或问曰：“第五伦有私乎哉[31]？曰：‘昔吾兄子有疾，吾一夕十往省，而反寐自安；吾子有疾，终朝不往视，而通夜不得眠。’若是，可谓私乎？非私也[32]？”答曰：“是非也，非私也。夫私以不言为名，公以尽言为称，善以无吝为体，非以有措为负。今第五伦显情，是无私也[33]；矜往不眠，是有非也。无私而有非者，无措之志也。夫言无措者，不齐于必尽也；言多吝者，不具于不言而已也。故多吝有非，无措有是。然无措之所以有是，以志无所尚，心无所欲，达乎大道之情，动以自然，则无道以至非也。抱一而无措，则无私无非，兼有二义，乃为绝美耳。若非而能言者，是贤于不言之私，非无情，以非之大者也[34]。今第五伦有非而能显，不可谓不公也；所显是非，不可谓有措也；有非而谓私，不可谓不惑公私之理也。”

① 无措：不拘泥，不执著。措，放置，安放。 ② 大道：指道家的无为而自然的道，此指老子《道德经》。 ③“及吾”二句：语出《老子》第十三章。 ④ 伊尹：见《卜疑》注。 ⑤“周旦”二句：见《管蔡论》注。 ⑥“夷吾”句：见《卜疑》注。 ⑦《管子》：相传春秋时齐国管仲撰，实系战国秦汉时人的假托之作。共二十四卷，今存七十六篇。内容庞杂，包含有道、名、法等多家思想。 ⑧“君子”二句：今本《管子》无，或为佚文。 ⑨ 傥（tǎng）然：形容天真无虑，真性实意。 ⑩ 厉：振奋，勉励。后写作“励”。 ⑪ 资：原误作“质”，据戴明扬校改。 ⑫ 情：原误作“同”，据鲁迅校改。 ⑬ 岂非：“非”字原脱，此据戴明扬校补。 ⑭“故里”二句：晋文公为公子时曾逃亡在外，保管财物的随从里凫须盗了财宝逃跑了，致使文公等人忍饥挨饿。后来文公回国即位，因国内不安，里凫须前来求见，文公严厉责备他。里凫须说：“我的罪行，本是十恶不赦，但如果您赦免了我，并和我一起在国内乘车游览，老百姓见了，知道您不念旧恶，自然就安定了。”文公非常高兴，听从了他的计谋，国家因此得以安宁（见《韩诗外传》十）。里凫：即里凫须。晋文：即晋文公（前697—前628），春秋时晋国国君，献公子，名重耳。因献公立幼子为嗣，曾出奔在外十九年，由秦国送回即位。后整顿国政，使国力强盛，终于成为霸主。 ⑮“勃鞮（dī）”二句：寺人披曾受晋献公之命，到蒲城追杀晋文公，砍下了文公的一片衣袖。后又受惠公之命前往狄刺杀文公。文公即位后，寺人披求见，文公让人谴责他，他慷慨陈辞，说明“君命无二”的道理，并劝文公学习齐桓公。于是文公接见了他，他

把瑕甥、郤(xì)芮将作难的机密告诉了文公,文公因此粉碎了叛乱。勃鞮:即寺人披,晋国的宦官。 ⑯“缪贤”二句:缪贤向赵惠文王推荐自己的侍从蔺相如可以出使秦国,把过去蔺相如劝谏阻止自己因犯罪曾想逃到燕国去的事说了出来,以此说明相如的贤明。赵王采纳了缪贤的建议。相如奉璧出使,得以完璧归赵,名扬天下(见《史记·廉颇蔺相如列传》)。缪贤:战国时赵惠文王的宦官首领。⑰“渐离”二句:高渐离与荆轲友善,荊轲刺秦王,高渐离在易水为他击筑送行。刺杀没有成功,为了躲避秦始皇的迫害,高渐离便改名换姓,给人家做苦工。时间久了,他感到长期这样也不是办法,一日,主人宴请宾客,他拿出藏起的筑,换上衣服,去见主人,众人大惊,主人把他当作上客,让他击筑而歌,满坐宾客都流泪而去(见《史记·刺客列传》)。 渐离:即高渐离。战国时燕国人,善击筑,后被秦始皇所杀。 ⑱“唯病”二句:语出《老子》第七十一章。 ⑲“故主”二句:武安君对燕王说:“我的邻居在外地做官,他的妻子与人私通。这个主妇听说丈夫要回家,便密谋用药酒害死他。某天,她丈夫到家,她便让小妾给丈夫敬酒,小妾知道这是毒酒,想告诉主人,但那样主妇就要被逐出家门,如果不说,又会毒死了主人,于是她便假装跌倒,把毒酒泼在地上。主人大怒,拿起鞭子抽打她。”(见《战国策·燕策一》) ⑳“王陵”二句:吕后当权,想立诸吕为王,问王陵可不可以。王陵说:“从前汉高祖曾立誓缔约:‘非刘氏而王者,天下共击之。’现在对吕氏封王,不合盟约。”吕后听了很不高兴。又问陈平和周勃等人,都说没有什么不可以的。朝见结束后,王陵指责陈平、周勃说:“你们阿谀奉承,背弃盟约,将来有什么脸面去见高祖呢?”陈平说:“在朝廷上当面驳斥、抗争,我不如你,保全国家和高祖子孙后代，你不如我。”后来陈平和周勃等合谋，果然诛灭了吕氏（见《汉书·王陵传》）。王陵（？—前181）：汉沛县（今江苏省沛县）人，汉初封安国侯，任右丞相。因反对吕后封诸吕为王，罢相。陈平（？—前178）：汉阳武（今河南省原阳县东南）人。惠帝、吕后时任丞相。吕后死，他与周勃定计，诛杀吕产、吕禄等，迎立文帝，再任丞相。　㉑ 而非：二字原脱，据戴明扬校补。　㉒ 阖（hé）：全。㉓ 寓目：过目，亲眼看到。　㉔ 怨：原作“至”，此从程荣本改。㉕ 巧：原误作“以”，此从张燮《七十二家集》本改。　㉖“是以”二句：《新序·杂事一》载，楚共王有病，把令尹召来说：“我和申侯伯相处，我爱好的，他劝我去做；我喜欢的他总是先去从事它。与他相处，我很高兴；没看见他，我便伤心。虽然如此，但我终究是无所收获。他的罪过不小，必须立即把他赶走。”于是申侯伯被驱逐出境。楚恭王：即楚共王（“恭”与“共”同），春秋时楚国国君，公元前590年—前560年在位。　㉗“宰嚭（pǐ）”二句：太宰嚭曾受越王勾践贿赂，劝说吴王夫差宽赦勾践。后勾践卧薪尝胆，励精图治，终于灭了吴国，也杀了太宰嚭（见《史记·吴太伯世家》）。太宰嚭：春秋时吴国大臣。伯氏，名嚭，字子余。楚国大夫伯州犁之孙，出亡奔吴，后任为太宰（掌王家内外事务）。　㉘ 君：原误作“名”，据张燮本改。㉙ 希：原误作“布”，据戴明扬校改。　㉚ 所：原作“贱”，据戴明扬校改。　㉛ 第五伦：东汉京兆长陵（今陕西省咸阳市东北）人，字伯鱼。光武帝时举孝廉，章帝时任司空。　㉜ 第五伦此事又见于《后汉书·第五伦传》，用语大略相同。　㉝“是无”句：“是”下原衍“非”字，据鲁迅校删。　㉞“非无”二句：此二句文义不顺，当有脱误。戴明扬认为当作“有非无措，亦非之小者也”，文义可通，但删改过多。译文姑从此说。

翻译

称为君子的人，心里不拘泥于是非观念，而行动不违背道理。为什么这样说呢？心气宁静、精神空明的人，心中没有骄矜夸耀；身心明达的人，感情不会被欲望拴住。心中没有骄矜，所以能超越礼教的束缚而顺从自然；情感不被欲望束缚，所以能正视贵贱，明了物理人情。通达物理人情，所以不会违背大道理；跳出礼教的束缚，凭心而行，所以在是非观念上没有措置的麻烦。因此说到君子就以“没有措置麻烦”为主，以明晓事理为美；说到小人，就把隐匿真情作为他们的错误，以违背自然作为他们的欠缺。为什么呢？隐匿真情，骄傲吝啬，是小人最丑恶的地方；内心空明，没有是非的麻烦，是君子敦厚的品行。所以从大道理说，“如果没有我的躯体，我还有什么祸患呢？”不看重生命的人比重视生命的人有见识。由此而论，合乎大道的人使用心智，本来就不存在什么措置麻烦。因此伊尹在商汤之世不吝惜自己的贤才，从而使天下得救，声名显达。周公姬旦并不顾虑自己的嫌疑而隐退让权，所以他摄行朝政，使国家教化兴盛。管仲不对齐桓公隐藏真情，所以齐国成了霸主而桓公受到尊崇。他们的用心难道是为了自己而被私心拴住了吗？所以《管子》说：“君子实行正道，忘记了为自身打算。”这话就对了。君子施展贤才，不是先明察有福然后再开始行动；随心所欲，无拘无束，不是先议论是否善良然后才来决定行为；显露真情，没有措置麻烦，不是先判断是非然后再做。

因此，漫不经心地忘记了自身的贤明，贤才却与幸福相合；毫不经意，凭心而行，心却与善相遇；真性实意，没有是非措置，事情却与正确共存。所以论述公和私的问题，虽说立志行道，心存善良，心中没有凶邪，没有怀抱而不隐藏的，不可说是无私。虽然欲望会损害善良，情感会违背道德，没有怀抱而不显露的，不可说是不公。现在用属于公的道理，衡量不公的情感，使那些虽然本性善良的人，却不能与有私区别；虽然欲望损害了善良，却不会陷于不公。重视它的名称又看重它的内涵，那么是非的实情就不能不显露出来。是非一定会显露出来，便使善良的人没有隐匿真情的过错，有过错的人不会加给他不公的大罪。没有过错，那么就没有得不到的善；没有大错，就不要谴责他的缺点了，这就是补救他过错的方法。不只是为了使善达到顶点，也为了劝勉不善改过。善的使它达到尽善的境界，错的使它得到改正，何况因为是非的极端。所以善和不善，是事物的两个极端。如果处在善和不善之间向前发展，一定是公成而私败。如果同用一种器具，那么有成功有失败。

公和私，是成败的途径，吉凶的门户。所以事物到了极点而不改变的很少，不到极端而在用的很多。如果凭借平常人的性情，运行在用的素质，因而心志寄托在古代刚烈之士，足迹追拟在为公的道路上，凭心而说话，那么说话便没有不对的地方；触动感情而行事，那么事情就没有不吉利的。于是情感的措置，就不是措置；欲望的偏私，就不是偏私。说话不计较得失而遭遇善良，行为不按照是非的准则而遭遇吉祥，难道不是公成私败的规律吗？如果是这样的话，又有什么措置？所以里凫须披露出偷盗财宝的罪过，晋文公却表现出一副和乐的样子；勃鞮公开哭诉自己的罪行，显示了忠心且保全了性命；缪贤吐露过去的罪责，赵惠文王采纳了他的建议，他也因此名扬四方；高渐离坦露真心，满堂宾客为之流泪。然而这几个人都是以送命的灾祸，面对不可预测的机遇，表露他们的心思，尚且因此获得安全，何况君子没有那些人的罪过，反而有善良品行呢？措置于善的心情尤是他们的毛病。"正因为把毛病当作毛病，所以才没有毛病。"有了病而能治疗，也比有病不治的好多了。

但是事情也有似非而不是非，似是而并非是的情况，这是不可不详察的。所以变通的关键，有的矜持因而成了谦让，有的贪婪因而导致廉洁，有的愚蠢因而变成聪明，有的残忍因而救济仁爱。然而当他们矜持吝惜的时候，不能说就没有廉洁；他们凶狠残忍的样子，不能说就没有仁爱，这是似非而不是非的情况。有的谗言似乎真实可信，但不可说他有诚实；盗贼有时故作激奋类似忠实，但不能说他没有私心；这是似是而并非是的情况。所以就研究他们的用心，判断他们的趋向，用他们的言辞来衡量他们是否合理，审察他们的实情以便寻找他们的变化；研究它的开始，明确它的结果，那么按私心办事的人，就不能借似非而是的现象来掩饰他的过错;善良诚实的人,不能够因为走上了被认为似是而非的道路,就背弃正确的东西。所以实际正确由于被暂时认为过错,因而后来还是显出真象;实际错误由于被暂时认为正确,因而后来还是暴露其非。公与私互相都显露出来,那么行私的人没有什么希望,而善良诚实的人也不会背弃什么了。行私的人没有希望,就会想到改正他的过错;为公的人无所顾忌,就会毫无疑虑地那样去做,这是达到天下大治的途径。所以主人的小妾泼掉了毒酒,却因罪而受辱;王陵在宫廷与太后抗争,陈平却顺从旨意,由此来看,不是看来像错误而其实是否定错误呀!彰明君子敦厚的品行,显露公私所在的地方,满堂满阶的人,没有不看在眼里而说:“真是善人呀!”但是转过脸来退下去议论,有私心的人所说的不再与先前的赞叹相同了。心怀怨恨而又藏匿真情不改的人,确实是精神已丧失在所迷惑的事物中,而身体已沉溺于追求世俗之名。心已被所畏惧的事物所控制了,而情感被所希求的东西羁绊住了,都自以为是,而没有谁能胜过自己。没有摧残肉体的惨痛,没有使心灵恐怖的灾祸,于是就没有谁能够收敛感情而自己回头,放弃虚伪的名声而听任真实。于是心中有正确的东西,用私心来隐藏它;心中有善良的东西,把它措置成为恶。不措置应当措置的东西,而措置不应当措置的东西,不寻求不措置的道理,而追求怎样措置的门道,所以表面上进行措置,而实际上却并不懂措置。这是以不措为拙笨,以有措为工巧,只害怕隐蔽得不深严,掩藏得不秘密,所以用骄矜违逆的脸色来对待普通百姓,用做作掩饰的语言来谋求世俗的声誉。认为长寿的好方法，没有比这更好的；整天心驰神往于这种长寿妙法，看不见别的东西。所以能造就他那包含私心的肌体，而丧失了它的自然素质。于是，隐匿的情感一定存在心中；虚伪怠慢的迹象一定要在行动中表现出来。像这样，那么是非的争论已明确了，而受到的赏罚又很重。不知道到树荫底下可以没有影子，却担心影子不能隐藏起来；不知道无措可以无患，而恨措置得不工巧，难道不悲哀吗？因此申伯侯苟且顺从楚恭王，最后被楚恭王驱逐出境；太宰嚭沉溺于私欲，终于遭到杀身之祸。由此来说，还没有人能心怀隐密顾念私情而立身于清平之世，没有人能掩饰过错隐藏真情而被明君信赖。君子既有这种品质，又能看到前车之鉴，重视诚实通达，向往亲近它；厌恶骄矜吝啬，抛弃远离它。措置一有错误，便内心愧于精神；隐匿一点过错，外部的形体就显出惭愧。说话没有马虎隐讳的东西，行为没有马虎隐藏的事情，不因为爱它便随便称善，不因为厌恶而随便否定。心中没有什么矜持，感情没有什么羁绊，体态清洁，精神端正，而是非得当。忠诚感动了贤明的天子，而在人民之中有深厚的信义；胸怀寄托在天地四方，坦荡光明如日月永垂。这不是贤人君子品行高尚者之中最杰出的人吗？

有的人问道："第五伦有私吗？他曾说：'过去，我哥哥的儿子有病，我一个晚上去看望了十次，回来睡觉自然安稳；我儿子有病，整天一次也没去探望过，却通宵不能入睡。'像这样，可以说是有私，还是没有私呢？"回答说："这是错误，不是私心。'私'是以不说为虚名的，‘公’是以完全说清为称道的，‘善’以没有吝啬作为实体，‘非’以有措作为实质。现在第五伦表露出自己的真情，这是没有私心；故作矜持不去探望却又通宵不眠，这是有错误。无私而有过，这是无措的标志。谈到无措，并不要求每件事情都显情尽言；说到多吝，并不是指匿情不言。所以多吝有过错，无措有正确。但是无措之所以有正确，是因为志向不崇尚什么，心中不希求什么，通达老庄之大道，依循自然而行动，那么就没有途径导致过失了。坚守大道而显情无措，便能无私无非，兼有这两个方面，才是最美的。如果错了能说出来，这比不说的好得多。有过而能不加掩饰，这也只是小过错了。现在第五伦有过错而能显露出来，不可说不公；所显露的是过失，不可说有错。如果有过错认为有私，不能说这不是分不清公和私的道理。”

管蔡论

这是一篇历史人物专论。成王继位时年幼，周公摄行朝政，管叔、蔡叔因此散布“流言”，并和商王的后代武庚一起发动叛乱，历来被史家视为“凶逆”。但从前代史料来看，周公与管、蔡的问题难免不使人心生疑窦。魏高贵乡公曹髦在太学提问，他怀疑周公姬旦诛杀管、蔡兄弟二人，本身也负有责任未尽的过失，太学博士庾峻不敢回答(事见《三国志·魏书三·少帝纪》)。因为这个问题非常敏感。

嵇康以他独特的胆识，对这个历史事件加以认真考察，全面分析，作出了与前人迥然不同的评价。作者从“三圣之用明”的角度提出问题，说明管、蔡原本是“服教殉义，忠诚自然”的，所以武王、周公“举而任之”。后来辅助武庚，功绩卓著，又“名冠当时”。只是因为突然遇到重大变故，不理解圣人的权宜之计，所以举兵反抗，“欲除国患”，才招致杀身之祸、反叛之名。应当指出，作者撰写此论，是有感而发的。魏高贵乡公正元二年(255年)，毋丘俭等在淮南起兵反抗司马氏，兵败被杀。嵇康非常同情毋丘俭，此论巧妙地为毋丘俭等人的“谋反”进行辩护，贬斥盛称汤武、周公而诛杀异己的司马氏集团。

本文立论新颖，剖析比较全面。不仅使“管蔡之心见理”，而且也说明了“周公之诛得宜”。这是因为作者不仅要达到为管、蔡“昭冤”的目的，也要考虑是否能为时人所接受，还要避免被司马氏抓住把柄。此文对后世影响较大，宋代欧阳修、苏轼等人的史论文章，其精神与此一脉相承。

或问曰：“案记：管蔡流言，叛戾东都，周公征讨，诛以凶逆[①]。顽恶显著，流名千载。且明父圣兄[②]，曾不能鉴凶恶于幼稚，觉无良之子弟，而乃使理乱殷之弊民，显荣爵于藩国，使恶积罪成，终遇祸害。于理不通，心所未安，愿闻其说。”

答曰：“善哉，子之问也！昔文武之用管蔡以实，周公之诛管蔡以权。权事显，实理沉，故令时人全谓管蔡为顽凶。方为吾子论之。夫管蔡皆服教殉义，忠诚自然，是以文王列而显之，发旦二圣举而任之[③]。非以情亲而相私也，乃所以崇德礼贤。济殷弊民，绥辅武庚[④]，以兴顽俗，功业有绩，故旷世不废，名冠当时，列为藩臣。逮至武卒，嗣诵幼冲[⑤]，周公践政，率朝诸侯，思光前载，以隆王业。而管蔡服教，不达圣权，卒遇大

变[6]，不能自通，忠于乃心，思在王室[7]。遂乃抗言率众，欲除国患；翼存天子，甘心毁旦。斯乃愚诚愤发，所以徼祸也[8]。”

“成王大寤，周公显复[9]，一化齐俗，义以断恩。虽内信如，外体不立[10]。称兵叛乱，所惑者广，是以隐忍授刑，流涕行诛，示以赏罚，不避亲戚。荣爵所显，必钟盛德；戮挞所施，必加有罪。斯乃为教之正体，古今之明义也。管蔡虽怀忠抱诚，要为罪诛。罪诛已显，不得复理，内心幽伏[11]，罪恶遂章。幽章之路大殊，故令奕世未蒙发起耳[12]。”

“然论者承名信行，便谓管蔡为恶，不知管蔡之恶，乃所以令三圣为不明也[13]。若三圣未为不明，则圣不佑恶而任顽凶也。顽凶不容于明世，则管蔡无取私于父兄；而见任必以忠良，则二叔故为淑善矣。今若本三圣之用明，思显授之实理，推忠贤之暗权，论为国之大纪，则二叔之良乃显，三圣之用也有以[14]，流言之故有缘，周公之诛是矣。且周公居摄[15]，邵奭不悦[16]。推此言之，则管蔡怀疑，未为不贤，而忠贤可不达权，三圣未为用恶，而周公不得不诛。若此，三圣所用信良，

周公之诛得宜，管蔡之心见理，尔乃大义得通，内外兼叙，无相伐负者，则时论亦得释然而大解也[17]。”

---

①“管蔡”四句：武王死后，成王年幼，周公怕天下诸侯背叛周王朝，便代成王当政。管叔与蔡叔等不服，散布流言，说周公将要加害成王，且联合武庚和东方夷族反叛。周公于是出师东征，平定反叛，诛杀管叔、武庚，放逐蔡叔（见《史记·鲁周公世家》）。管叔：名鲜，周武王之弟。武王灭商后，封于管（今河南省郑州市）。蔡叔：名度，周武王之弟。武王灭商后，封于蔡（今河南省上蔡县西南）。戾（lì）：反。东都：本指商王朝旧都殷（今河南省安阳市西小屯村），因在周朝国都镐（〔hào〕今陕西省西安市西丰镐村西北）之东，故称东都。此指三监之地，武王灭商后，把商旧都及其周围分为三国，邶（bèi）封给武庚，鄘（yōng）由管叔监管，卫由蔡叔监管，总称三监。 ②明父：指周文王。圣兄：指周武王和周公旦。 ③发：武王姬发。旦：周公旦。 ④武庚：商王纣之子，字禄父。周武王灭商后，继续封他为殷君。后因叛乱，被周公所杀。 ⑤诵：即成王姬诵。冲：幼小。 ⑥卒（cù）：通“猝”，突然。 ⑦“忠于”二句：《书·康王之诰》说：“乃心罔不在王室。”乃心：你的心，此指管、蔡二叔之心。 ⑧徼（yāo）：通“邀”，招致。 ⑨“周公”句：《书·金縢》载，成王相信管、蔡二叔散布的流言，疑心周公。周公在外两年，成王仍怀疑周公的用心。直到有一天，上帝以雷电、大风示警，成王打开了一个用金质的绳索捆扎的匣子，看到了册书上周公请求用自身代替武王去死的

祷辞，才了解到周公的忠诚，完全消除了先前的怀疑，亲自到城郊迎接周公回来摄政。 ⑩ 外体：身体的外部，喻臣子，此指为臣之道。⑪ 心：原作“必”，依鲁迅校改。 ⑫ 奕(yì)世：累世，一代接一代。⑬ 三圣：指周文王、武王和周公。 ⑭ 以：原因。 ⑮ 居摄：指暂居皇帝之位，代为处理政事。摄，代理。 ⑯ “邵奭(shì)”句：《史记·燕召公世家》载，周公摄政，召公怀疑他想篡位。周公作《君奭》一文表明心怀，召公看后才消除疑虑。邵奭：姬姓，因采(cài)邑在召(〔shào〕今陕西省岐山县西南)，故又称为召公(一作“邵公”)或召伯。曾佐武王灭商，被封于燕，为燕国的始祖。成王时任太保，与周公分陕(今河南省三门峡市陕州区西南)而治。 ⑰ 释然：疑虑消除的样子。

翻译

有人问道：“根据记载：管叔、蔡叔散布谣言，在东都反叛，周公旦奉命征讨，以叛逆之罪诛杀他们。顽钝凶恶之名因而显著，臭名流传千载。再说，贤明的父兄，竟不能在他们幼小时就明察他们的凶恶，使不善良的儿子、兄弟得以觉悟，反而让他们治理殷南旧地的疲弊之民，让他们在诸侯国中夸耀尊显的官爵，使凶恶日积月累起来，而导致叛乱之罪，最终遭到灭顶之灾。此事于理不通，心中有所不安，愿意听听您对此事的见解。”

回答说：“好，你问得好！过去文王、武王是根据他们的实际情况任用管叔、蔡叔的，周公根据变通的原则杀了管、蔡二叔。这变通的事情已很清楚了，依据实情任用的道理却沉没不闻，所以使世人都认为管、蔡是顽愚凶残之人。我来为您阐明一下此事。管叔、蔡叔都很听从教诲，追求道义，忠实真诚，毫不造作，所以文王给他们安排位次，使他们显达荣耀。武王、周公两位圣人选拔任用他们，不是因为感情亲近而对他们有私，而是为了崇尚德行，礼遇贤才。救治殷商疲困的人民，协助武庚，让殷商顽民的风气振作起来，事业有了功绩，所以长期受到重用，名居当代之首，列土封为诸侯。到武王去世，继位的长子姬诵年幼，周公便代成王摄理朝政，领导诸侯朝见天子，想光大前人的业绩，使帝王之业兴盛发达。但管、蔡听从先王的教诲，不理解圣人的权宜之策，突然遇到巨大的变故，内心想不通，忠心耿耿思念王室。于是便高声呼吁率众起事，想要清除国家的祸患，拥戴保护天子，以除掉周公为快事。这是因为忠诚而不明事理，愤懑激发，由此招来了灾祸。”

“成王大悟，明白了周公的用心，让他返回朝廷摄政，为了统一教化，整治风俗，为了道义而杜绝恩私，周公虽然内心真想宽恕他们，但怕为臣之道不能建立。举兵叛乱，受迷惑的人很多，于是狠心施刑，流泪诛杀，以此显示赏罚，不袒护亲人。爵位的尊显，必定集中在有盛德的人身上；施行杀戮鞭打，必定加在有罪者身上。这是进行教化的正确方式，是古往今来的光明正道。管、蔡二叔虽然心怀忠诚，但终归因罪被杀。因罪被杀已经清清楚楚，不能重新审理，忠诚的内心人们又看不清楚，于是罪名昭著。幽暗与显明的途径大不相同，所以使一代代人不知道发起叛乱的真正原因。”

“然而谈论的人依据名声来判断行为，便认为管、蔡作恶，不知道管、蔡的罪恶，竟使三位圣人变得不贤明了。如果三位圣人不是不贤明，那么圣人便不会保佑恶人而任用顽愚凶狠之徒。清明之世容不了顽凶之徒，那么管、蔡没有得到父兄的私爱；任用他们一定是根据他们的忠良，那么管、蔡二叔本来就是善良的人。现在如果本着三圣用人明察这一前提，考虑授以重位的实际道理，推论忠贤无法明说的权宜之计，论述治国的纲纪要领，那么二叔的善良就能显露出来，三位圣人的任用是有理由的，产生流言的事情是有缘故的，周公进行诛杀也是正确的。况且周公摄政，邵、奭也不高兴。由此推论，那么管、蔡二叔有怀疑，并不是不贤，忠贤可能不明白权宜之计，三位圣人不能说是任用凶恶之人，而周公却是不得已而杀了他们。如果是这样，那么三位圣人所任用的确是贤良，周公诛杀也属得当，管、蔡的用心得到了正确理解，这样，根本的道理便明朗了，内外两方面的情况都兼顾到了，没有夸耀也没有冤枉哪一个，那么对当时的舆论我们也能完全想通了。”

难自然好学论

此文是为驳斥张叔辽的《自然好学论》而作。张叔辽，三国魏人，曾任辽东（今辽宁省辽阳市）太守。他认为“好学”是人的天性，“六经为太阳，不学为长夜”。

作者以荀子的“性恶论”为依据，认为人的天然本性是“好安而恶危，好逸而恶劳”，因而好学并非出于自然，而是“困而后学”，目的是“学以致荣”。他把上古“洪荒之世”视为“至德之世”，认为后世的名教开了荣利之途，产生了种种弊端。他认为“六经”抑制人的本性，“造立仁义”是为了“婴其心”，“非养真之要术”。因此，“不学未必为长夜，六经未必为太阳”。并把与礼教有关的东西比作“丙舍”“鬼语”“芜秽”“臭腐”，这是对虚伪名教的莫大嘲讽和猛烈抨击。

文章短小，而气势凌厉，语言活泼，时而令人忍俊不禁。

夫民之性，好安而恶危，好逸而恶劳，故不扰则其愿得，不逼则其志从。

昔鸿荒之世[①]，大朴未亏，君无文于上，民无

竞于下，物全理顺，莫不自得，饱则安寝，饥则求食，怡然鼓腹[②]，不知为至德之世也。若此，则安知仁义之端，礼律之文[③]？

及至人不存[④]，大道陵迟，乃始作文墨，以传其意；区别群物，使有类族；造立仁义，以婴其心[⑤]；制为名分，以检其外；劝学讲文，以神其教。故六经纷错[⑥]，百家繁炽，开荣利之途，故奔骛而不觉[⑦]。是以贪生之禽，食园池之粱菽；求安之士，乃诡志以从俗[⑧]。操笔执觚[⑨]，足容苏息[⑩]；积学明经，以代稼穑。是以困而后学，学以致荣；计而后习，好以习成，有似自然，故令吾子谓之自然耳。推其原也，六经以抑引为主，人性以从欲为欢。抑引则违其愿，从欲则得自然。然则自然之得，不由抑引之六经；全性之本，不须犯情之礼律。故知仁义务于理伪[⑪]，非养真之要术；廉让生于争夺，非自然之所出也。由是言之，则鸟不毁类以求驯，兽不弃群而求畜[⑫]，则人之真性无为[⑬]，不当自然耽此礼学矣[⑭]。

论又云：嘉肴珍膳，虽所未尝，尝必美之，适于口也。处在暗室，睹烝烛之光[⑮]，不教而悦得于心，况以长夜之冥，得照太阳，情变郁陶，而发其蒙。虽事以末来，情以本应，则无损于自然好学。

难曰：夫口之于甘苦，身之于痛痒，感物而动，应事而作，不须学而后能，不待借而后有，此必然之理，吾所不易也[16]。今子以必然之理，喻未必然之好学，则恐似是而非之议。学如米粟之论[17]，于是乎在也。今子立六经以为准，仰仁义以为主，以规矩为轩乘[18]，以讲诲为哺乳，由其途则通，乖其路则滞。游心极视，不睹其外；终年驰骋，思不出位[19]；聚族献议，唯学为贵。执书擿句[20]，俛仰咨嗟；服膺其言，以为荣华。故吾子谓六经为太阳，不学为长夜耳。今若以明堂为丙舍[21]，以讽诵为鬼语，以六经为芜秽，以仁义为臭腐，睹文籍则目瞧，修揖让则变伛，袭章服则转筋，谭礼典则齿龋[22]，于是兼而弃之，与万物为更始，则吾子虽好学不倦，犹将缺焉。则向之不学，未必为长夜，六经未必为太阳也。俗语云：乞儿不辱马医[23]。若遇上古无文之治，可不学而获安，不勤而得志，则何求于六经，何欲于仁义哉？以此言之，则今之学者，岂不先计而后学邪？苟计而后动，则非自然之应也。子之云云，恐故得菖蒲菹耳㉔！

---

① 鸿荒：混沌蒙昧的状态，指远古时代。 ② 鼓腹：饱食之后击腹以为节拍，形容怡然自得的样子。 ③ 文：指法令条文。 ④ 至人：指道德修养达到最高境界的人。 ⑤ 婴：环绕，引申为约束。 ⑥ 六经：指《诗》《书》《礼》《乐》《易》《春秋》六种典籍，其中《乐经》于秦焚书后亡佚。 ⑦ 骛（wù）：奔跑，追求。 ⑧ 诡：违背。 ⑨ 执觚（gū）：意谓作文。觚，书写用的木简。 ⑩ 苏息：休养生息。 ⑪ 伪：同"为"，行为。 ⑫ "则鸟"二句：此二句文义欠通，"毁"下与"群"上当有脱文，吴宽丛书堂抄本无名氏墨校于"毁"下补"类"字，"群"上补"弃"字。译文姑且据此。 ⑬ 为：同"伪"。 ⑭ 不：原误作"正"，据鲁迅校改。 ⑮ 烝烛：用麻秆、芦苇、树枝之类做成的照明物。 ⑯ 易：差异。 ⑰ "学如"句：《春秋繁露·实性》说："善如米，性如禾，禾虽出米，而禾未可谓米也，性虽出善，而性未可谓善也。米与善，人之继天而成于外也。"又说："善所自有，则教训已非性也，是以米出于粟，而粟不可谓米……善出于性，而性不可谓善。"此句似即指董仲舒此论。"米"原误作"一"，此据戴明扬校改。 ⑱ 乘（shèng）：一车四马为一乘。 ⑲ "思不"句：《论语·宪问》载："曾子曰：'君子思不出其位。'"原意为思考问题不超出自己的职责范围，此谓不超越儒家礼教的范围。 ⑳ 擿：通"摘"。 ㉑ 明堂：即太学，古代贵族子弟读书的场所，此泛指学校。丙舍：墓地里供停放灵柩用的房屋。 ㉒ 谭：同"谈"。龋（qǔ）：蛀牙。 ㉓ "乞儿"句：《列子·说符》载，齐国有个乞丐，因城里人讨厌他常来，不再施

舍食物给他，便跟着治马病的兽医做苦力而弄些食物。城里人戏弄他说："跟着治马的兽医混饭吃，你不感到可耻吗？"乞丐说："天下之辱莫过于乞，乞犹不辱，岂辱马医哉？" ㉔ 菖蒲菹（zū）：用菖蒲制作的腌菜。菖蒲：草名，有香气，根可入药。相传食之有开通心窍、耳聪目明的作用。

翻译

人的天性，喜欢平安而憎恨危险，爱好闲逸而厌恶劳累，所以人们如果没有礼法的骚扰，那么他们的愿望就能实现，如果不去逼迫他们，那么他们的心愿就能得到满足。

从前，远古蒙昧时期，原始自然的质朴还没有遭到损害，君王在上不修文教，民众在下互不竞争，万物无损而事理顺当，无不感到舒适得意。吃饱了便安心就寝，饿了就去寻找食物，欢欢喜喜拍打着饱食的肚子吟唱着，不知道这便是道德最完美的社会。像这种情况，又哪里会知道仁义之事、礼法制度呢？

到了没有至人、大道颓败的时候，才开始制作文辞，用来传述他们的心意；区分众物，使之各有类属；创立仁义，以便约束人们的思想感情；制定名分等级，用来检束人们的行为；劝勉学习、研讨文辞，以便神化他们的教化。所以六经纷纭错杂，百家学说异常繁盛，开辟了猎取显贵利禄的途径，所以人们奔跑追求而毫不醒悟。因此贪求生存的禽鸟，在园池里吃着人们喂养的谷子、大豆；寻求安定的士人，便违背自己的意愿去顺从世俗。拿起笔来写文章，足以充分维持生活；饱学诗书、通晓六经，用以替代种地。因此生活穷困了而后才去学习，求学是为了获得荣华富贵，谋划好了以后才学习，爱好是因不断学习而形成的，有些像是自然本性，所以使您把它看作是自然的了。推究事情的本源，六经以抑制引导为根本，人的本性以顺从欲望为欢乐。压制引导便违背了人的愿望，顺从欲望则能得到自然的天性。既然如此，那么自然天性的获得，是不通过有压制引导作用的六经的；保全人的自然天性，不需要违背人性的礼法。所以我们知道仁义是致力于约束人的行为的，不是保养自然天性的根本方法；廉洁谦让是出现在争夺之后的，不是自然所具有的。由此说来，禽鸟是不会损害群体而求人驯养的，野兽是不会抛弃同类而要求畜养的，那么人的天性没有虚伪，不应当自然就嗜好这种礼法之学。

你的文章又说：佳肴美食，虽然是没有尝过的，但品尝之后一定会赞美它，因为它适合于口味。处在黑暗的房子里，看到了火把的光亮，不用教导心中就会感到十分喜悦，何况是在漫长夜晚的黑暗中，得到了太阳的照耀，情绪自然变得十分快乐，如同拨开了蒙眼的东西。虽然事情是后天发生的，但感情却是与先天的本性相应的，那么这便无损于自然好学的观点。

反驳说：口舌对于甜和苦，身体对于痛与痒，一受事物的刺激便有感觉，一受事物的影响便会发作，不是需要学习以后才能这样，不是需要先借来而后才有，这是必然的道理，是我所不能改变的。现在您用必然的道理，来说明不是必然的爱好学习，那么恐怕是似是而非的见解了。前人关于学习对于人就像米和粟的关系一样的见解，就是在这上面建立的。现在您树立六经作为准则，崇尚仁义，把它当作事物的根本，把法度视为车马，把讲解教诲看作用乳汁喂养婴儿，顺着这条道路就畅通无阻，背离这条道路就堵塞不通。心神贯注，极目远望，不看六经之外的东西；终年驰骋，思想不超越儒家礼教的范围；聚集本族的人进献计谋，只以学习为贵。手执诗书、摘取文句，前俯后仰、赞叹不绝，衷心佩服六经上的话，以为它是最美的道理。所以您认为六经是太阳，不学习是漫长的黑夜。现在如果把学校当作墓地的房子，把诵读作为鬼怪的语言，把六经视为杂草，把仁义看作腐烂发臭的东西，看了文章典籍眼睛就会昏花，实行揖让的礼节就会变成驼背，穿上礼服就会抽筋，谈论礼乐典制牙齿就会生蛀虫，这样人人都会把它抛弃掉，而与万物的自然变化相一致，那么您虽然好学不倦，但仍然要废弃它。既然如此，那么先前的不学习未必就是长夜，六经未必就是太阳。俗话说：乞丐不以跟随马医干活求食为耻。如果遇到上古没有礼教统治的时代，可以不学习而获得安定，不辛勤劳作就能实现心愿，那么又向六经要求什么呢？对仁义又有什么贪图呢？据此而言，那么现在学习的人，难道不是先谋划好了而后再来学习的吗？如果是先谋划好而后行动，那么就不是属于自然天性的东西了。您那样发一通高论，恐怕是过去吃了菖蒲腌菜的缘故吧！

家诫

诫，是一种有关教诲的文体。东汉班昭有《女诫》，三国魏杜恕有《家诫》。写作这类文章，似乎是当时士大夫的一种风气。

此文是嵇康告诫子女的一篇遗书。文章以儒家传统的伦理道德观念为基础，以守志为纲要，具体论述了为人处世的各个方面。首先，要坚守志向，“守死无二”。要去除外物及内欲的诱惑。待上级要恭敬但又不可亲密；立身要清远但又有弹性；要赈济穷人，见义而作。不可探听人的隐私，不可酗酒。他有感于“祸从口出”的古训，更有感于自己“轻肆直言，遇事便发”（见《与山巨源绝交书》）的性格造成的生活挫折，特别强调言语的谨慎，避免与人争论，“非义不言”，不议人过。凡此种种，颇有圆滑之处，但这也是时势使然。

本文事无巨细，语不惮烦，耳提面命，谆谆教诲。语言朴实无华，亲切感人，千年之后，读其文，如闻其声。而当时人情的厚薄，道德的险恶，也如在目前。

人无志，非人也。但君子用心，所欲准行，自当量其善者，必拟议而后动。若志之所之，则

口与心誓，守死无二，耻躬不逮，期于必济。若心疲体解[①]，或牵于外物，或累于内欲。不堪近患，不忍小情，则议于去就；议于去就，则二心交争；二心交争，则向所以见役之情胜矣。或有中道而废，或有不成一匮而败之[②]，以之守则不固，以之攻则怯弱，与之誓则多违，与之谋则善泄，临乐则肆情，处逸则极意。故虽荣华熠耀[③]，无结秀之勋；终年之勤，无一旦之功，斯君子所以叹息也。若夫申胥之长吟[④]，夷齐之全洁[⑤]，展季之执信[⑥]，苏武之守节[⑦]，可谓固矣。故以无心守之，安而体之，若自然也，乃是守志之盛者耳。

所居长吏，但宜敬之而已矣。不当极亲密，不宜数往，往当有时。其有众人，又不当独在后，又不当宿。所以然者，长吏喜问外事，或时发举，则怨者谓人所说，无以自免也。宏行寡言[⑧]，慎备自守，则怨责之路解矣。

其立身当清远，若有烦辱，欲人之尽命，托人之请求，则当谦言辞谢：某素不豫此辈事[⑨]，当相亮耳[⑩]。若有怨急，心所不忍，可外违拒，密为济之。所以然者，上远宜适之几，中绝常人淫辈之求，下全束修无累之称[⑪]。此又秉志之一隅也[12]。

凡行事，先自审其可，若于宜[13]，宜行此事。而人欲易之，当说宜易之理。若使彼语殊佳者，勿羞折遂非也；若其理不足，而更以情求来守人，虽复云云[14]，当坚执所守。此又秉志之一隅也。

不须行小小束修之意气，若见穷乏而有可以赈济者[15]，便见义而作。若人从我，有所求欲者，先自思省。若有所损废多，于今日所济之义少，则当权其轻重而距之[16]。虽复守辱不已[17]，犹当绝之。然大率人之告求，皆彼无我有，故来求我，此为与之多也[18]。自不如此，而为轻竭，不忍面言，强副小情，未为有志也。

夫言语，君子之机。机动物应，则是非之形著矣，故不可不慎。若于意不善了，而本意欲言，则当惧有不了之失，且权忍之[19]。已后视向不言此事无他不可，则向言或有不可。然则能不言，全得其可矣。且俗人传吉迟，传凶疾，又好议人之过阙，此常人之议也。坐中所言，自非高议，但是动静消息，小小异同，但当高视，不足和答也。非义不言，详静敬道，岂非寡悔之谓？人有相与变争[20]，未知得失所在，慎勿豫之也。且默以观之，其是非行自可见。或有小是不足是，小非不足非，至竟可不言以待之。就有人问者，犹当辞以不解。近论议亦然。若会酒坐，见人争语，其形势似欲转盛，便当无何舍去之[21]：此将斗之兆也。坐视必见曲直，傥不能不有言[22]，有言必是在一人，其不是者方自谓为直，则谓曲我者有私于彼，便怨恶之情生矣，或便获悖辱之言。正坐视之，大见是非，而争不了，则仁而无武，于义无可，故当远之也。然大都争讼者，小人耳，正复有是非，共济汗漫[23]，虽胜，何足称哉！就不得远，取醉为佳。若意中偶有所讳，而彼必欲知者，若守人不已[24]，或劫以鄙情，不可惮此小辈，而为所挽引，以尽其言。今正坚语，不知不识，方为有志耳。

自非知旧邻比，庶几已下[25]，欲请呼者，当辞以他故勿往也。外荣华则少欲，自非至急，终无求欲，上美也。不须作小小卑恭，当大谦裕；不须作小小廉耻，当全大让。若临朝让官，临义让生，若孔文举求代兄死[26]，此忠臣烈士之节。

凡人自有公私[27]，慎勿强知人知。彼知我知之，则有忌于我，今知而不言，则便是不知矣。

若见窃语私议，便舍起，勿使忌人也。或时逼迫，强与我共说，若其言邪险，则当正色以道义正之。何者？君子不容伪薄之言故也。及一旦事败，便言某甲昔知吾事，是以宜备之深也。凡人私语，无所不有，宜预以为意，见之而走。或偶知其私事，与同则可；不同则彼恐事泄，思害人以灭迹也。非意所钦重者，而来戏调蚩笑友人之阙者，但莫应；从小共转至于不共，亦勿大冰矜[28]。趋以不言答之[29]，势不得久，行自止也。自非所监临[30]，相与无他宜适，有壶榼之意[31]，束脩之好[32]，此人道所通，不须逆也。过此以往，自非通穆，匹帛之馈，车服之赠，当深绝之。何者？常人皆薄义而重利[33]，今以自竭者，必有为而作。损货徼欢，施而求报，其俗人之所甘愿，而君子之所大恶也。

又慎：不须离楼[34]，强劝人酒，不饮自已；若人来劝己，辄当为持之，勿稍逆也；见醉熏熏便止[35]，慎不当至困醉，不能自裁也。

---

① 解：通“懈”，懈怠。 ② 匮：通“篑（kuì）”，盛土的筐子。 ③ 熠

(yì)耀：光彩鲜明。　④“若夫”句：《左传·定公四年》载：楚昭王十年(前506)，吴王用伍子胥计攻破楚国，申包胥到秦国求救，秦王不答应，申包胥在宫廷里痛哭了七天七夜，滴水不沾，终于使秦王发兵救楚。申胥：即申包胥，春秋时楚国贵族，又称王孙包胥。吟：呻吟，此指哭。　⑤“夷齐”句：《庄子·让王》载，伯夷、叔齐二人反对周武王进军讨伐商王朝，武王灭商，他们认为周王朝缺乏德行，不愿与之共存，便逃避到首阳山，不吃周朝的粮食而饿死。夷齐：指伯夷、叔齐，商末孤竹君之子。　⑥“展季”句：《吕氏春秋·季秋纪·审己》载，齐国国君为了获取鲁国的岑鼎，向鲁国发动进攻。鲁君便把一个假岑鼎送往齐国。齐君不信，要柳下惠认定是真的才肯接受。鲁君请柳下惠作假证，柳下惠不从，以为当守信用，否则国家将要灭亡。鲁君这才献出真岑鼎。展季：即柳下惠，见《幽愤诗》“柳下”注。⑦“苏武”句：《汉书·苏武传》载，汉武帝天汉元年(前100)，苏武奉命出使匈奴被扣。匈奴贵族多方威胁诱降，又把他迁到北海(今贝加尔湖)无人之地牧羊，靠吞雪食草籽活命，坚持十九年不屈。后因匈奴与汉和好，才被遣回朝。苏武(？—前60)：西汉杜陵(今陕西省西安市东南)人，字子卿。官拜典属国(掌管少数民族事务)。⑧宏：原作“若”，据戴明扬校改。　⑨某：原作“其”，据戴明扬校改。自称。　⑩亮：通“谅”，谅解。　⑪束修：约束修整。　⑫一隅：一个角落，又泛指事物的一个方面。　⑬若：顺从。　⑭云云：如此如此。　⑮赈(zhèn)：救济。　⑯距：通“拒”。　⑰守辱：安于卑辱的处境，此指低三下四地求情。　⑱与：帮助。　⑲权：暂且。　⑳变：通“辩”。　㉑无何：没有另外的事，此谓不管其他一切。　㉒傥：同“倘”。　㉓汗漫：漫无边际。　㉔人：原作“大”，据戴明扬校改。 ㉕ 庶几(jī):指贤才。 ㉖“若孔”句:《后汉书·孔融传》载,孔融十六岁时,张俭因冒犯宦官被追捕,投奔到孔褒家,当时孔褒不在,其弟孔融见状,便自主留宿。后事发,孔融兄弟二人被捕入狱,都说罪在自己一人,争着去死。最后,由汉灵帝断案,定孔褒死罪,而孔融获免。孔融(153—208),字文举,东汉鲁国(今山东省曲阜市)人。为建安七子之一,官至太中大夫,后为曹操所杀。㉗ 公私:此偏指“私”,谓隐私。 ㉘ 冰矜:凛若冰霜,不可侵犯的样子。 ㉙ 趋:通“促”,赶快。 ㉚ 监临:监察,管辖。 ㉛ 榼(kē):盛酒的器具。 ㉜ 束脩:十条干肉,泛指礼品。 ㉝ 常:底本无此字,据《四部丛刊初编》本及戴明扬校本补。 ㉞ 离楼:许多树木交织在一起的样子,引申为纠缠。 ㉟ 熏熏:同“醺醺”,酒醉的样子。

翻译

人没有志向,就不算人。只是君子使用心智,想要以此作为行动的准则,自然应朝完美的方向发展,一定要先筹划而后才行动。如果是心志所向往的,那么口与心相一致,坚持到死不应有变化,对自己不能达到这种境界会感到耻辱,期望一定取得成功。如果身心疲倦,或者被身外事物所牵挂,或者被内心的欲望所连累,不能忍受眼前的忧患,不能抑制小小的欲望,于是在进退之间犹豫徘徊。在进退之时犹豫徘徊,那么两种心思就要发生冲突;两种心思发生冲突,那么先前被控制的欲望就胜利了。有的人半途而废,有的人功亏一篑。用他守护则不牢固,用他进攻则胆怯虚弱，和他一起发誓则多有违背，和他一起谋划则容易泄密，面对欢乐则纵情享受，身处安闲之中则恣意寻欢。所以虽然百花盛开、灿烂耀眼，却没有结果的业绩；虽然终年辛勤，却无一朝收获的成效。这便是君子叹息的原因呀！至于谈到申包胥昼夜长哭，伯夷、叔齐保全自己纯洁的品行，柳下惠坚守信用，苏武保持节操，则可以说是很牢固的了。他们坚守志向本来就没有杂念，安详地表现自己的心志，非常自然，这才是坚守志向最好的一类。

对本地的官员，只宜尊敬他们也就行了。不应当太亲密，不宜多来往，去拜访应当在适宜的时候。如果有人在场，又不应独自落在后面，也不应留下过夜。这样做的原因，是官吏们喜欢询问外面的事情，这些事情有时被人揭发出来，那么怨恨的人就会认为是某人说出来的，无法使自己避免嫌疑。多做少说，谨慎戒备而自我保护，那么怨恨责怪的途径便被消除了。

立身处世应当清高脱俗，如果遇到有繁杂而劳苦的事情，来者想要人尽力帮忙，请求托人办事，便应该用谦逊的话推辞掉：我向来不参与这类事，应当谅解我。如果有的人事情紧急，心中不忍拒绝，可以表面拒绝，而暗中帮助他。这样做的原因，首先可以远离繁杂，其次可以断绝庸人和贪婪之徒的请求，至少可以保全自己洁身自好没有过失的名声。这又是坚守志向的一个方面。

大凡做事，先自行考虑一番它是否可行，如果符合道理，就应该去做。如果别人想改变它，要说明应该改变的理由。假如他的话非常有理，不要羞辱驳斥对方而坚持自己的错误。如果他的理由不足，进而用世俗人情来请求你，虽然是说了又说，仍然应该坚持自己的志趣。这又是坚守志向的一个方面。

不必拘泥于琐琐碎碎、谨小慎微的意气，如果见到困乏而又可以救济的人，便见义而为。如果有人盯着自己，有所企求，先自己研究一下，如果赈济他人给自己带来的损失多，给眼前带来的道义声誉少，就应该权衡它的轻重而拒绝他。虽然他又不停地低三下四地央求，仍然应当拒绝他。然按常情而言，别人来请求你，都是他缺少什么而我具备这些，所以来央求我，这时帮助他能带来很多的声誉。如果不是这样，而是轻易地耗竭财物，不忍心当面推辞，而要勉强使自己符合小恩小义的名声，这不是有志的人。

言语，是体现君子思想的关键。关键一动，事物就有所反应，那么是非的表现就清楚了，所以不可不谨慎。如果不善于清楚地表达某个意思，但本意却很想说，那么就应当害怕有说不明白的过失，暂且忍住不说。以后再看看先前不说这事有没有什么其他不妥之处，然而如果先前说了，却可能有什么不适宜之处。既然如此，那么能够不说，总的看来也就处理得当了。况且，世俗之人对好事传得慢，对坏事传得快，又喜欢谈论人的过失，这是普通人的议论。闲坐之中所说的话，若不是高妙的玄论，只是一些消息音讯，有小小的不同，只应当高高在上地瞧着，不值得应和。不合道义的不说，安详平静推崇道义，这岂不是可以减少懊悔吗？人们有时相互争辩，不知得失在什么地方，千万不要参与此事。暂且默默地观察，是非将自然表现出来。或者有一点正确但不值得肯定，有一点过错但不值得批评，甚至可以用不说话来对待它。即使有人询问，仍应当以不了解为由推辞掉。碰到议论他人是非也是这样。如果恰逢酒宴，看见别人争论，这种情况似乎要变得更加激烈，便应该不管其他一切舍之而去：这是将要争斗的预兆呀。坐在一旁观望必定能看到是非曲直，假如不能不开口，要开口就必定会说其中一方有理，无理一方正自以为正确，那么他就会认为说他无理的人是偏袒对方，怨恨的情绪就产生了，或者便会听到埋怨污辱的话。端坐一旁观望，清楚地看出了是非曲直，却不能解决争端，那就是有仁而不威武，不符合道义，所以应当远离它。然而争论的人大多是小人，正是又有了是非而来争论，都想在漫无边际的争论中获胜。虽然有一方胜了，又哪里值得称道呢！即使不能远离，也以醉酒为佳。如果心中偶尔有什么需要避讳，而对方却一定要知道，甚至缠住不放，或者用世俗人情来逼迫，不能害怕这种小人而被他牵着鼻子，把心里话全说出来。只应坚定地说：不知道，不了解。这才是有志。

如果不是旧友近邻，贤士以外的人，想邀请你，应当用别的原因推辞不去。不求荣华富贵则欲望减少。如果不是紧急之事，终生没有贪求的欲望，这是最美的事。无需有小小的卑谦恭敬，而应当谦虚大度；不需要小廉小耻，而应当保全大的谦让。比如在朝廷让官，面对道义牺牲自己保全他人，如孔融请求代兄去死，这是忠贞不屈之士的节操。

大凡人都有其私情，千万不要勉强了解别人所知道的东西。

他知道的我也知道，就会对我有所猜忌，假如知道而不谈，也就是不知道了。如果看见窃窃私语，便离开他们起身而去，不要使他们顾忌你。或者形势逼迫，非要和我一起谈话，如果他的话邪恶凶险，就应当神色严肃地用道义来纠正它。为什么呢？因为君子不能容忍虚伪刻薄之言。一旦到了事情败露，他说某人过去知道我的事，所以应当深加防备。凡是人们私下的话，无所不有，应当预先加意提防，见到便走。或者偶然知道了他的私事，和他合拍还可以，如果不赞同，那他会怕事情败露，想杀人灭口。不是心中钦佩敬重的人，来嘲谑讥笑朋友的缺点，只不要应和。意见从略同转变到不同，也不要凛若冰霜，赶紧用不说话去回答他，这种情形便不能持久，将自行停止。如果不是所管辖的地方，交往没有别的事，朋辈有同饮的心愿，馈赠礼物的厚意，这是人之常情，不必拒绝。除此以外，如果不是交往和睦的朋友向你馈赠布帛、车子、服装之类，应严加拒绝。为什么呢？平常人都是轻义重利的，现在主动耗竭自己的财富，必定是有目的才这样做的。损失财物而谋求交好，赠予礼品是为了寻求回报，这是庸俗的小人所喜欢的，君子却深恶痛绝。

另外还要慎重：不要纠缠不放，极力劝人饮酒，不喝就罢了；如果别人来劝自己，就应当为他端起杯来，不要稍有违逆；看到醉醺醺便停下来，绝不应当到烂醉方休，以致不能自制。

中华文史名著精选精译精注（全民阅读版）
已出书目

书　名	导读人	审阅人
贾谊集	徐超、王洲明	安平秋
司马相如集	费振刚、仇仲谦	安平秋
张衡集	张在义、张玉春、韩格平	刘仁清
三曹集	殷义祥	刘仁清
诸葛亮集	袁钟仁	董治安
阮籍集	倪其心	刘仁清
嵇康集	武秀成	倪其心
陶渊明集	谢先俊、王勋敏	平慧善
谢灵运鲍照集	刘心明	周勋初
庾信集	许逸民	安平秋
陈子昂集	王岚	周勋初、倪其心
孟浩然集	邓安生、孙佩君	马樟根
王维集	邓安生等	倪其心
高适岑参集	谢楚发	黄永年
李白集	詹锳等	章培恒
杜甫集	倪其心、吴鸥	黄永年
元稹白居易集	吴大逵、马秀娟	宗福邦
刘禹锡集	梁守中	倪其心
韩愈集	黄永年	李国祥
柳宗元集	王松龄、杨立扬	周勋初
李贺集	冯浩菲、徐传武	刘仁清
杜牧集	吴鸥	黄永年

续表

书　名	导读人	审阅人
李商隐集	陈永正	倪其心
欧阳修集	林冠群、周济夫	曾枣庄
曾巩集	祝尚书	曾枣庄
王安石集	马秀娟	刘烈茂、宗福邦
二程集	郭齐	曾枣庄
苏轼集	曾枣庄、曾弢	章培恒
黄庭坚集	朱安群等	倪其心
李清照集	平慧善	马樟根
陆游集	张永鑫、刘桂秋	黄葵
范成大杨万里集	朱德才、杨燕	董治安
朱熹集	黄珅	曾枣庄
辛弃疾集	杨忠	刘烈茂
文天祥集	邓碧清	曾枣庄
元好问集	郑力民	宗福邦
关汉卿集	黄仕忠	刘烈茂
萨都剌集	龙德寿	曾枣庄
王阳明集	吴格	章培恒
徐渭集	傅杰	许嘉璐、刘仁清
李贽集	陈蔚松、顾志华	李国祥、曾枣庄
公安三袁集	任巧珍	董治安
吴伟业集	黄永年、马雪芹	安平秋
黄宗羲集	平慧善、卢敦基	马樟根
顾炎武集	李永祜、郭成韬	刘烈茂
王士禛集	王小舒、陈广澧	黄永年
方苞姚鼐集	杨荣祥	安平秋
袁枚集	李灵年、李泽平	倪其心
龚自珍集	朱邦蔚、关道雄	周勋初